U0103758

William Golding

于峡谷泄出的外瀑布问题。另一边的陆地有可能是一个巨大的火山口吗？这种情况下，就不可能是在英格兰南部。"约翰·詹姆逊是霍兹霍斯主教中学的地理课老师，戈尔丁对请教结果显然很满意。重写的文本中，那个瀑布的确是从一个峡谷流出，逆流而上、河道渐宽，逐渐形成一个湖。戈尔丁这段对于森林的描写是基于马尔堡附近的萨弗纳克森林①的记忆，年幼时他父母曾带他去那里散步——因此他需要核实书中的地貌与史前的英格兰南部相符。

那片瀑布至关重要，他在手稿末尾记录道："核心象征就是那片瀑布，时间流，坠落，热力学第二定律。它必须栩栩如生。"这符合他告诉那位加拿大评论家弗吉尼亚·泰格尔的话——他说，他把初稿当成一部反驳 19 世纪进步主义的作品来写，而重写的文本则相反，强调的是那种进化的生命力，以驱使"新人"以一种胜于尼安德特人所拥有的"更高层次的活力"向上而行。他们有能力拖曳独木舟经过瀑布，逆流而上，则象征了这种生命力。戈尔丁提到的热力学第二定律，在他一段谈叶芝的文章中得到阐释。

> 热力学第二定律是我们宇宙论中的魔鬼，它表明了万事万物都在走下坡路，最终会像一个没上发条的时钟一般停止运转。生命在某种意义上就是这条定律的局部矛盾……当生命拒绝屈服于一种总体活力下降的趋势，而是再度上紧发条，那么我们就应该欢欣鼓舞。

水从高处到低处流过瀑布，就是第二定律的一个例证。可是"新人"无惧激流并且由"一种新的热情、新的视野"驱使向前进发，正是

---

① 萨弗纳克森林位于英格兰威尔特郡马尔堡的南部，是一片历史悠久的白垩纪时期森林，占地约 4 500 亩。

这条定律的局部矛盾。这就仿佛第一稿的《继承者》是由那个笃信宗教的戈尔丁写的，他为天真无辜的尼安德特人的毁灭而哀悼，而那些由他那位科学家父亲所做的修订——他的父亲是一位达尔文进化论的忠实拥趸——似乎应该会支持拥有高级智慧的"新人"。

1955 年 2 月 15 日，心存歉意的戈尔丁将打字稿寄给了蒙特斯。"远远还没完结——实际上几乎还没开头"。蒙特斯应该只是把它当成"一小块轮廓模糊的大理石、粗砂岩或是油灰"，如果他能接受"粗粗翻一遍"，那么他的批评将"弥足珍贵"。这些自贬似乎言过其实。可它们反映了戈尔丁对于写作习惯性的紧张情绪。回信中，蒙特斯安慰他，他很喜欢《继承者》：它应该一字不改地出版。

他的第一反应是焦虑，他立刻回复说他"有点惊讶地发现《继承者》已经完成"。他想知道，一个专家会怎么评价他对尼安德特人的描述。"我压根儿没为这本书做过任何研究，"他提醒说，"只是将自己了解的东西琢磨一番。"出书前是不是应该请教某些"古生物学家、考古学家、食古不化的科学家"？蒙特斯坚定地回复说，这本书不需要专家。"如果有人要提建议，那肯定是错误的那类建议。"

鉴于戈尔丁脆弱的自信心，这的确是金玉良言。不过他没有表面看起来那么无知。自孩提时代起，他就一直痴迷考古，曾经组织过学校考古社团，长期在当地进行挖掘工作。索尔兹伯里史前的地貌资源丰富，在一篇文章中他回忆，自己如何常常想象在乡间漫步时迎面遇上一个尼安德特人。他写这部小说的速度说明这是一个深思熟虑的主题。尼安德特人真正的模样过去（至今依然是）众说纷纭，但他清楚这些争锋相对的理论。他告诉蒙特斯，H. G.威尔斯①认为他们都是具有食人习性的猩猩似的怪物，他总觉得这点"令人捧腹"，

---

① H. G.威尔斯(1866—1946)，英国著名小说家、新闻记者、政治家、社会学家和历史学家。他创作的科幻小说对该领域影响深远，如"时间旅行""外星人入侵""反乌托邦"等都是 20 世纪科幻小说中的主流话题。代表作有《隐形人》《世界大战》等。

他颇具嘲讽意味地引用了威尔斯的陈述作为他小说的题献。

他自己对于尼安德特人和智人的描述，在某种程度上，反映了考古证据。他笔下的尼安德特人没有手工制品或是容器，而那些"新人"有项链、绘画、酒囊和陶土罐。发明容器（袋子、篮子）是进化过程的重要一步，因为采猎者可以用它带回并储存食物。那个最聪明的尼安德特人，珐，看到那个老妪在一只鹿胃里煮肉汤，并用一根棍子蘸了蘸，伸进马尔的嘴里，差点就想到了容器的主意，她有了一个装满海水的海贝的想象。这正是安认为应该解释的事，尽管戈尔丁没有采纳她的建议。珐想象粮食生长在梯田上时，还差点发明了农业。

尼安德特人是采猎者，可戈尔丁笔下的却有所不同。他们采集森林中的水果，不过，因为他们感觉到杀戮是"邪恶的"，便心怀愧疚地从那些大型食肉动物捕杀的猎物中获取生肉。他们那混合了手势、舞蹈和一种心灵感应的语言，是戈尔丁的另一大创新——在古生物学家中，尼安德特人能够说话这一点并没有形成共识。那些"新人"信奉萨满教，他们的萨满，马朗，是个男性，不过戈尔丁赋予了他的尼安德特人一种宗教（崇拜一位母系女神，欧阿），而这是他与公认的看法最大的分歧所在。他知道，从没有发现过尼安德特人的宗教线索；也没找到过任何暗示来世信仰的尼安德特人的陪葬品。他让他的尼安德特人崇拜"冰姬"，并将肉和水置于埋葬处献祭来世，以此避开这些可能的反对意见，而这些都没有让考古学家发现任何蛛丝马迹。

他的尼安德特人对于"新人"的仰慕，几乎达到爱意，也许是他自己的想法，抑或是他可能知道有考古证据支撑这个观点。在西欧，尼安德特人与智人携手共存了数千年，有时候还分享同一片居住地，有迹象表明，尼安德特人模仿过人类文化的某些方面，比如在身体上画赭色彩绘，这被当作是表达仰慕之情。

小说中的"新人"抢走了一个尼安德特人的婴儿，留下一丝希望——即我们身上也许残存了一些尼安德特人的痕迹。这是戈尔丁的猜测，不过近期的调查证明了这一点。2010 年德国的马克斯·普朗克研究所对尼安德特人的基因组测序后，结果发现人类 DNA 中的百分之四来自尼安德特人，表明了两种人类之间存在一定程度的杂交。

然而，《继承者》的伟大之处并不是在于戈尔丁想象尼安德特人可能是什么样，而是在于他塑造的用来表达他们的语言。他接受了巨大的风格上的挑战，即从一个尼安德特人的视角看一切。借助这起初让人大惑不解的语言，他带领我们进入一个生命的内部，他的种种感官，尤其是嗅觉和听觉，十分灵敏，但无法将感觉投入一串思绪之中。这个生命的意识是一系列隐喻，对他来说一切都是鲜活的。错综复杂的语言策略强迫我们分享一种意识的奇妙经历——还有其怜悯和不幸——这种意识大胆无畏、温和无害、充满爱意、观察入微，对任何事都无法理喻。然而在文风上，戈尔丁取得了极富诗意的成就，阐释了 T. S. 艾略特的见解，即现代诗人必须间接，"以迫使，如果必要的话，错位的语言融入他的意思"①。

《继承者》出版于 1955 年 9 月 16 日，评论家们立刻就发现了其中的想象力和独创性。在亚瑟·库斯勒②看来，这本书就是"如同石化森林般的英语小说界中的一场地震"。半个世纪后，无论你读过多少遍，它依然令人警醒、恍然大悟，如不毛之地，令人刻骨铭心且独一无二。

（宋玲　译）

---

① 引自艾略特 1948 年诺贝尔文学奖颁奖典礼致辞。
② 亚瑟·库斯勒（1905—1983），匈牙利裔英籍作家。他的作品关注政治和哲学问题。《正午的黑暗》（1941 年），是他最重要和最受欢迎的作品。

"……我们对尼安德特人的长相知之甚少，可这……似乎暗示了毛发极度浓密，恶丑无比，或者他们低低的前额、突出的眉骨、猿似的颈项和矮小的躯体，这可憎的古怪长相令人望而生畏……哈里·约翰斯顿在他的《观察与评论》一书中关于现代人兴起的概述中说：'在模糊的种族记忆中的这种具有狡猾智慧、蹒跚步伐、遍体毛发、坚固牙齿，和可能有食人习性的猩猩似的怪物，也许就是民间传说中的食人魔的起源……'"

——H.G.威尔斯《世界史纲》

献 给
安

目　次

　　洛克以最快的速度奔跑着。他低垂着头,一只手横拿着他的荆棘条以保持平衡,闲着的那只手把飘垂在空中的嫩枝条向边上拍开。莉库骑在他的身上,大声笑着,一只手抓住他脖子上栗色的卷毛,那卷毛一直延伸到他的脊椎,另一只手托着蜷曲在他下巴下面的小欧阿。洛克的双脚很有灵性。它们长了眼睛。它们带着他在遍布地面的山毛榉树根之间行走如飞,如果遇到一摊水阻住路途则高高跃起。莉库用她的双脚击打着他的腹部。

　　“快一点! 快一点!”

　　他的双脚被扎到了,他身子晃动,放缓了脚步。现在他们可以听到水流的声音了,河就在他们的左边,与他们平行,但还看不到。接着,山毛榉林敞开了,灌木也不见了,此刻他们身处一小片平坦的泥地,就是那根木头所在的地方。

　　“在那儿,莉库。”

　　沼泽中玛瑙色的水流在他们面前延展着,渐行渐宽最后汇入那条河中。河边的小径在对岸的地面上重新开始,向上方爬升直到消失在树林里。洛克开心地咧着嘴笑,朝向水流走了两步,然后停下来。他脸上的嬉笑逐渐消失了,他张大嘴直到下嘴唇都耷拉下来。莉库滑到他的膝盖处,然后落到地上。她把小欧阿的头靠到嘴边,抬眼向上看去。

　　洛克迷惘地笑了笑。

　　“那根木头走了。”

　　他闭上眼睛,皱起眉头想着木头的画面。它就躺在水里,从这一边到另一边,灰白色的,正在腐烂。当你踩踏在正中的时候,你会感到水在你脚下缓缓流过,这恐怖的水,有些地方深及一个男人的肩部。这水不像那河或者那瀑布一样清醒,它是沉睡着的,从那里一直延续到河里然后慢慢苏醒,继续向右伸展,流进那无法穿越的沼泽、丛林和泥塘,消失在漫漫荒芜之中。他对人们一直使用的这根木头是如此笃定,以至于他再次睁开眼睛,开始微笑起来,仿佛他正从梦中醒来;可是那根木头不见了。

珐沿着小径小跑过来。小家伙在她背上睡着了。她不担心他会摔下来,因为她感到他的双手紧紧抓住了她脖子上的毛,并且他的双脚勾住了她背上垂下的毛,不过她跑得很轻柔,这样就不会弄醒他。在她出现在山毛榉林下之前,洛克就听到了她来的声音。

"珐!那根木头走了!"

她径直来到水边,看了看,嗅了嗅,然后转过身,面带责备地看着洛克。她不需要说话。洛克开始冲着她使劲摆头。

"不,不。我没有为了逗大家笑而动过那根木头。它就是走了。"

他把两只手臂摊得大大的,用来表明消失得干干净净,看到她理解了他的意思,便又把它们放了下来。

莉库叫他。

"荡我一把。"

她伸手抓住一根像长长的脖子一样从树上向下斜逸出的山毛榉枝干——它见到了阳光又向上生发,长出了一堆绿色的和棕色的枝条。洛克放弃了不在那儿的木头,把她荡到树杈的地方。他向边上扯动,拉拽,每走一步都让树枝向后弯一点。树枝发出嘎吱嘎吱的声音。

"嚯!"

他放开树枝，一屁股坐倒在后腿上。树干箭一般地射出去，莉库快乐地尖叫着。

"不要！不要！"

但是洛克一次又一次地拉拽，水边的一堆树叶忍受着莉库的尖叫声、大笑声和抗议声。琺的目光从水中移到洛克身上然后又看了回去。她再次皱起了眉头。

哈从小径上走了过来，步履匆忙但并没有跑，他比洛克更加体贴周详，是一个紧急时分靠得住的男人。当琺开始向他大叫的时候，他没有立即应答，而是看着空荡荡的水面，然后看向左边，从那儿他可以看到拱形的山毛榉林远处的河。接着，他用耳朵和鼻子在树林里搜寻入侵者，只有在确信安全无事以后，他才放下他的荆棘条，并在水边跪了下来。

"看！"

他伸出的一根手指指向水下的一些裂缝，那是木头移动时留下的。这些裂缝的边缘尚未磨平，有一些碎土块躺在里面，还没被覆盖在上面的水所消解。他一路向下追踪这些弯曲的裂缝，直到它们消失在那荫蔽之处。琺向对面眺望，断掉的小径在那边又重新开始。那里有一处泥土被搅起，木头的另一端以前就躺在那里。她问了哈一个问题，他用嘴回答了她。

"一天。也许两天。不会是三天。"

莉库还在尖叫，不时伴随着大笑。

妮尔沿着小径走入大家的视线。她轻轻地呻吟着，每当又累又饿时，她都是这副模样。尽管她庞大身躯上的皮肤已经松弛了，但那对乳房还很坚挺丰满，白色的奶水挂在乳头上。不管谁会忍饥挨饿，那小家伙绝对不会。她瞥了一眼，看到他紧抓着琺的毛，睡着了。她走到哈的身边，碰了碰他的胳膊。

3

"你为什么离开我？你脑子里的画面比洛克的多。"

哈指了指水面。

"我赶过来看一下那根木头。"

"可是那木头已经走了。"

他们三个人站在那里，面面相觑。然后，在人们身上经常会发生的情形出现了，他们之间共通了一些感觉。珐和妮尔分享了哈在思考的画面。他已经想到他必须要确保那根木头依然待在原位，因为如果水把那根木头带走了或者那根木头因为自身原因爬走了的话，那么人们将不得不艰苦跋涉一天的路程绕过这片沼泽地，那就意味着危险或者甚而是比平常更多的困苦。

洛克用全身的重量拖住那树枝，紧抓住不撒手。他对莉库嘘了一下让她别出声，她就爬了下来，站到他的身边。老妪沿着小径走了过来，他们可以听到她的脚步声和呼吸声。她从最后一批树干后面绕了出来。她毛发灰白，体形瘦小，佝偻着身子，深深注视着一个她用双手抱在干瘪胸前的、用树叶包裹起来的负荷。人们站在一起，用静默迎接她的到来。她没有出声，而是用一种谦卑的耐性等着接下来可能发生的事情。只有她手中的负荷下滑了一点，她又把它抱高一些，这提醒着人们，它还是颇具重量的。

洛克是第一个开口说话的人。他一边对着他们讲话，一边笑着，但只听见他嘴里蹦出的话语却没有笑声。妮尔又开始呻吟。

现在，他们能听到他们之中最后一人沿着小径走过来。那是马尔，他慢慢地走过来，不时发出咳嗽声。他从最后一根树干后面走出来，在空旷地带的开端处停了下来，重重地倚靠在他那荆棘条磨平了的一端，开始咳嗽。他弯腰时，他们可以看到他白发下垂的轨迹，它顺着眉毛的后端垂过他的头顶再向下滑入铺在他肩部的厚毛丛里。他咳嗽的时候，大家一言不发，只是等着，像凝视前方的鹿一

4

样一动不动，泥巴从他们的脚趾缝间挤出。一块经过精心雕刻的云朵从太阳前移走，于是，点点清冷的阳光从树上洒了下来，照在他们裸露的身体上。

终于马尔停止了咳嗽。他把全身重量倚到荆棘条上，两手轮流着向上握住荆条一点一点往上移，就这样他渐渐站直了身子。他看看水面，然后依次看着每一个人，而他们等待着。

"我有一个画面。"

他松开一只手，把它平放在脑门上，仿佛要把那些在里面闪烁的画面捂住。

"马尔还不老，趴在他母亲的后背上。有更多的水，不仅这里有，我们来的小径上也有。一个男人很有智慧。他让人们搬来一棵已经倒下的树，并且——"他深陷在眼眶里的眼珠转向大家，央求他们和他分享这一画面。他又咳嗽起来，声音轻柔。老妪小心地把她的负荷抱高了点。

最后哈开腔了。

"我看不到这个画面。"

老翁叹了口气，然后把手从头上拿开。

"找到一棵已经倒了的树。"

人们顺从地沿着水边散开。老妪来到莉库刚刚荡过的那根树枝前，把环捧着的双手放在上面休息。哈是第一个叫他们的人。他们匆忙赶到他的身边，面对淹没脚踝的稀泥有几分胆怯。莉库发现了几颗野莓，已经变黑，是成熟之后未被采摘而残留下来的。马尔走过来站住身子，看着那木头，皱起了眉头。它是一棵山毛榉的树干，不比一个男人的大腿粗，这个树干一半沉入泥水中。树皮斑驳脱落，洛克从上面摘掉不少彩色的菌类，其中有一些是可以吃的，于是洛克把它们交给莉库。哈、妮尔和珐也在树干上笨手笨脚地摘

着。马尔又叹了口气:

"等等。那边的哈。那边的珐。妮尔也一样。洛克!"

那木头很容易就被起了起来。一些枝杈被留了下来,它们要么缠在灌木里,要么陷在泥浆里,要么是在他们费力搬运那木头时挡了路。此时,太阳又一次藏匿起来。

当他们来到水边的时候,老翁站在对面看着塌陷的泥土,皱起了眉头。

"让那木头游泳。"

这很棘手,难以掌控。无论他们怎样驾驭这根湿透的木头,他们的脚都得碰到水。最后,这根木头躺在水面上,漂浮着,哈前倾身体抓住木头的一端。另一端稍稍往下沉。哈的一只手托住木头,另一只手往后拉。带树枝的树干头部慢慢地移了出来,并且抵住了水面另一侧的泥地。洛克开心地咿哇乱叫,很是羡慕,他的头向后仰去,胡言乱语起来。没人在意洛克,不过老翁皱起了眉头,把双手紧紧地按在头上。树干的另一端在水下,大约是一个男人身长的两倍,并且那是最细的部分。哈用目光向老翁询问,后者又一次按住了头并且咳嗽起来。哈叹了口气,故意把一只脚伸进水中。当明白了他在干什么的时候,大家发出低吟声,表示同情。哈谨慎地把脚插入水中,他的脸显出痛苦的表情,大家也跟着他痛苦。他呼吸急促起来,强迫自己往里走,直到水淹没他的膝盖。他用双手抓住那树干上皱巴巴的腐皮,接着,他一只手往下压,另一只手往上提。树干转动起来,树枝搅出棕黄色的泥巴,同时向上旋转带起一群翻动的树叶,树头晃动了一下停在离岸更远一点的地方。他用尽浑身力量向前推,但是那些伸展开来的枝杈让他无能为力。在远端,依然有一段没有接上,树干在那里向水下弯曲。他回到干地上,大家庄严肃穆地注视着他。马尔满怀期待地看着他,他的双手现在又抓在荆棘条上。哈走到小径连接开阔地的地方。他捡起他的荆棘条,蹲下来,身子前倾了一会儿。当觉得双脚缓过了劲的时候,他便冲过开阔地。他在那根木头上挪了四步,尽可能弓起身子,头似乎都要撞到膝盖上了;接着,木头从水中猛地弹起,哈被弹起飞到空中。他提起双脚,展开双臂,然后扑通一声摔在树叶和泥土上。他过去了。他转过身,用力抓住树干头部往后拖:就这样小径在水里被贯通了。

大家发出轻松愉悦的叫喊声。太阳也选择在这时候重露真容,好似整个世界都在分享他们的快乐。大家冲着哈喝彩,用他们的手掌拍打大腿,洛克和莉库也一起庆贺他们的胜利。

"你看到了吗,莉库?树干跨过了水面。哈有许多画面!"

当他们再次安静下来,马尔用他的荆棘条指向珐。

"珐和小家伙。"

珐用手摸了摸小家伙。她颈边一丛丛的毛发把他盖得很严实,只看到他的双手双脚紧紧地缠住她的毛。她走到水边,把胳膊向两边张开,灵巧地通过了那树干,最后一段她一跃而过,然后站到了哈的身边。这时,小家伙醒了,从她的肩膀上向外瞅了瞅,一只脚换了一些毛踩住,接着又睡了过去。

"现在妮尔。"

妮尔皱了皱眉头,眉毛上方的皮肤纠在了一起。她把眉毛后面的卷毛理顺,痛苦地做了个鬼脸,然后跑向那根木头。她双手高高地举过头顶,就在走到中间的时候,她大声叫喊起来:

"啊咿!啊咿!啊咿!"

那根木头开始弯曲并向下沉去。妮尔站在木头最细的部分,高高跳起,两个丰满的乳房也跟着跃起,接着,她掉进齐膝深的水中。她尖叫着,拼命地把脚从泥浆里往外拔,并紧紧抓住哈探出的手。她最后被拉上了坚实的地面,气喘吁吁,浑身战栗。

马尔走到老妪身边温和地说话。

"她现在愿意抱着它过去吗?"

老妪只是部分地从她内在的冥想中抽出身来。她迈着缓慢的步伐走到水边,胸前依然抱满手的东西。她的身子除了皮、骨头以及稀疏的白发外,所剩无几。她迅速走了过去,那树干在水里几乎没有动过。

马尔弯腰看着莉库。

"你愿意过去吗?"

莉库把小欧阿从嘴边移开,用她蓬松的红色卷毛蹭着洛克的大腿。

"我要和洛克一起走。"

这句话好似在洛克的头上点亮阳光。他咧开大嘴,哈哈笑起来,并不断和大家说话,尽管他所说的话同那些迅速闪现的画面少有关联。他看见珐在他身后大笑,而哈则在严肃地微笑。

妮尔对他们大声喊着:

"小心点,莉库。抓紧了。"

洛克拉住莉库的一束卷毛。

"上来。"

莉库握住他的手,用一只脚勾紧他的膝盖,然后攀爬到他的后背上。小欧阿躺在她温暖的手里,在他的下巴下。她向他大叫一声:

"出发!"

洛克径直回到山毛榉林下的小径上。他怒视着水面,冲了过去,然后刹住脚步停了下来。水对面的人开始大笑起来。洛克退回去再向前冲,如此反反复复,却每次都在木头前踟蹰不前。他大叫起来:

"看着洛克,威猛的跳跃者!"

他骄傲地向前快跑,接着傲气渐减,然后蜷缩不前,最后又逃了回去。莉库颠跳着,尖叫着:

"跳啊!跳啊!"

她的头无助地碰撞着他的头。他来到水边,像妮尔一样,把双手高举在空中。

"啊咿!啊咿!"

看到这里,甚至连马尔都咧开嘴笑了。莉库已经笑得发不出声音、喘不上气了,眼泪从她的双眼里滚了下来。洛克躲到一棵山毛榉后面,妮尔笑得乳房乱颤不得不用手捧住。突然,洛克又冒了出来。他低头向前飞奔。他飞速掠过那根木头,喊声震天。他高高跳起,然后稳稳落在干燥的土地上。他开心地蹦跶起来,还不时讥笑一下那片败在手下的水面,直到莉库开始在他脖子上打嗝,而大家此时也已抱成一团了。

最后,他们都安静下来,只剩马尔了。他咳嗽了一会儿,然后嘲讽般地向他们挤了一个鬼脸。

"现在,马尔。"

他把荆棘条横斜着拿在手里以保持平衡。他跑向树干,一双老脚一紧一松。他摆动着荆棘条开始跨越水面。他没有足够的速度。他们看到痛苦渐渐写满了他的脸。他龇着牙,一只脚蹬飞了树干上的一块树皮。他不够快,另一只脚一滑,身体便往前倒去。他向边上弹开,消失在一汪脏水中。洛克急得上蹿下跳,拼命大叫:

"马尔落水了!"

"啊咿!啊咿!"

哈蹚进水里,水冰冷的触感让他痛苦地咧开嘴。他抓住马尔的荆棘条,马尔在另一端。现在,他抓住了马尔的手腕,但他们俩都开

始下沉,看上去似乎在角力。马尔挣脱了,手脚并用爬上坚硬一些
的地面。然后,他爬上一棵山毛榉,蜷缩成一团不停地颤抖。大家
围过来,聚成一个紧凑的小圈子。他们蹲伏下来,用身子磨蹭他,他
们挽起胳膊形成一个保护和安慰的支架。水从他的身上汩汩流下,
他的毛发变成一绺一绺的。莉库慢慢爬进人群里,把肚皮贴在他的
小腿肚上。只有老妪还在一动不动地等着。这群人围住马尔,分担
着他的寒战。

莉库开口了:

"我饿了。"

围住马尔的人群散开了,他也站了起来。他还在打着寒战。这
种寒战不是皮肤和毛发的表面运动,而是深及内里的,以至于连那
根荆棘条都跟着他一起颤抖。

"跟我来!"

他沿着小径在前面领路。这里的树比较疏朗,树与树之间长有
更多灌木丛。他们很快在河边找到一片空地,一棵曾经繁茂的大树
死而不倒地依然统治着这里。藤蔓已经生长得很茂盛了,它那嵌入
式的根茎像血管一样缠绕在老树干上,在树干分叉的地方结束,形
成一个巨大的深绿色树叶网。菌类也苗壮成长,菌盖向外伸出,里
面积满了雨水,小一些的菌类,有红色的、黄色的,像水母一样,而与
此同时,这棵老树正在化为尘屑和白浆。妮尔为莉库采集食物。洛
克用手指抠着树蛆。马尔等着他们。他的身子不再颤抖不停,不过
还会时不时地抽搐一下。待抽搐过后,他会倚向他的荆棘条,仿佛
他正在从它上面滑下去。

一种新的元素进入了大家的感官,是一种声响,它稳定地向四
下弥漫着,所以大家无须彼此提醒,都心知肚明它为何物。在空地

的前方,地表开始急剧上升,主要是土,但也点缀着一些小棵的树木;在这里,大地露出了它的骨头:一块块平滑的灰色岩石。在斜坡的上方,是一道穿山而过的隘口,隘口的前缘,河水飞流而下,倾泻出一面巨大的瀑布,高度是最高的树的两倍之多。现在,他们安静下来,谛听着远处潺潺的流水声。他们相互看看,然后大笑,开始叽叽喳喳。洛克对莉库解释道:

"今天晚上你要睡在那瀑布的旁边。它还在那儿。你记得吗?"

"我有那水和洞穴的画面。"

洛克满怀深情地拍了拍那棵死树,接着马尔领着他们往上走去。虽然大家沉浸在喜悦中,但是他们还是注意到马尔已经年老力衰,尽管他们尚未意识到他到底衰弱到了何等程度。马尔抬腿的动作像是把它们从泥地里拔出来,他的双腿已经不再灵巧。它们笨拙地选择自己的道路,仿佛有什么东西把它们向边上拉拽,所以他只能挂着荆棘条步履蹒跚。其他人轻松地完成了他所做的动作,因为他们身强力壮。他们的注意力都集中在他身上,于是,他们的一举一动都下意识地变成了对他的挣扎的一种深情模仿。当他俯下身端口气时,他们也张开嘴,他们也步履蹒跚,他们的双脚故意变得笨拙。他们绕着一堆灰色的岩石和凸起的石块蜿蜒向上,直到树木消失,他们来到了一片开阔地。

马尔停下脚步,开始咳嗽,他们明白现在是等他恢复的时间。洛克抓住莉库的手。

"看!"

斜坡向上通往那隘口,大山就在眼前升起。斜坡在左边断开,形成一处悬崖直落到河里。河里有个小岛,它向上伸展,似乎有一部分在一端立起,并且斜靠在那瀑布之上。那瀑布从小岛的两端倾泻而下,近端较为稀薄,而远端则气势恢宏、磅礴大气;瀑布水花四溅、雾气蒸腾，没人能看清它落往何处。小岛上树林茂盛、灌木稠密，靠近瀑布的那端淹没在一片浓雾中，岛两边的河水只是隐约地闪出亮光。

马尔又开始出发了。在瀑布的前缘，有两条路可走；一条是顺着右手边之字形前进，顺岩石而上。尽管这对马尔来说要容易一些，但是他对此不加理会，仿佛他什么都不想管，只想迫不及待地迅速到达舒适地带。于是他选择了左边的道路。这里，他们穿梭在一些攀附于悬崖的边缘的灌木丛中。莉库又一次对洛克开口说话。瀑布的声响让她的话语失去了生命力，除了一张淡淡的草图，什么也没剩下。

"我饿了。"

洛克拍拍自己的胸脯。他大声喊叫着，这样所有人都听到了他的声音。

"我有一个画面，是洛克找到一棵树，上面长满了密密麻麻的谷穗——"

"吃，莉库。"

哈站到了他们身边，手里拿着浆果。他把浆果倒给莉库，于是她把嘴埋进食物中；小欧阿很憋屈地躺在她的胳膊下。食物勾起了洛克的饥饿。现在，他们已经离开了海边那阴湿的冬季巢穴，也告别了海滩上和盐泽里那些苦涩的、吃起来不天然的食物，他突然有了一个画面，里面都是好东西：有蜂蜜和嫩枝、球茎和树蛆，还有鲜甜而邪恶的肉。他捡起一块石头，用它在脑袋边上那光秃秃的岩石上敲打，那劲头就像是在敲打一棵能提供食物的树。

妮尔从灌木中拽下一颗枯萎了的浆果，塞进嘴里。

"看洛克在敲打一块岩石！"

他们冲着他大笑，他便露出滑稽的模样，一边假装贴耳听那块

岩石,一边大声喊叫起来:

"醒醒,树蛆们! 你们醒了吗?"

但是马尔继续领着他们向上爬。

悬崖的顶部稍向后倾斜,所以他们就不需要爬过那锯齿状的顶部,只需迂回绕过河上方陡峭的路段,河水在瀑布的脚下,在一片喧嚣中向前流去。每走一步,道路就会变高少许,倾斜着、悬垂着,穿过隘口和拱壁,崎岖不平是不失足的唯一保障,脚下的岩石向后缩进,在他们与烟雾和小岛之间留下一丝空气的间隙。就在这里,一些渡鸦在他们的身下漂浮着,就像火堆里的黑色碎片,野尾草摇摇摆摆,上面只有微弱的闪光,表明了水的位置;而那小岛,背靠着瀑布,把落水的平台一分为二,就像月亮一样独自分开。悬崖向前探着身子,仿佛要寻找自己在水中的双脚。那些野尾草很长,比许多男人还要长,它们在攀登的人们下面前后摇摆,十分规律,就像心脏跳动或者海浪拍岸那样。

洛克回忆起渡鸦是如何鸣叫的。他用胳膊向它们拍打着。

"嘎嘎!"

小家伙在珐的后背上抖动了一下,双手和双脚变换了一下抓毛的位置。哈前行的速度非常缓慢,因为他的体重让他格外小心。他慢慢爬着,攀附在那倾斜的岩石上,手脚并用,一会儿放松,一会儿收紧。马尔又说话了:

"等一下。"

他转过身的时候,大家读着他的嘴唇,然后聚在他的身边,围成一团。现在道路已经拓宽,变成了一个平台,大家都有地方可待。老妪把双手歇在那倾斜的岩石上,这样她就减轻了一些负担。马尔弯下身子,不停咳嗽,直到他的双肩都弯起来。妮尔蹲在他的身边,一只手放在他的肚子上,另一只手放在他的肩膀上。

洛克看着远处的河水,试图忘了饥饿。他张开鼻孔,鼻子立刻就被赐予了一种完整的混合气味,因为任何气味都会在瀑布下面的雾霭中得到令人难以置信的增强,就像雨水会让一地的花朵色彩鲜艳,互不混淆。也有大家的气味,各个不同,但每一个人身上都交杂着他们一路前来的泥泞道路的气味。

他们抵达了夏季栖身处的证据是如此明显,他欢快地大笑起来,然后他转过身看着珐,觉得要和她睡在一起,以消除他的饥饿。她身上从树林里带来的雨水已经干了,簇拥在她脖子四周并且盖住小家伙脑袋的卷毛此时发出红色的光泽。他伸手去摸她的乳房,她大笑起来,然后把她的毛发捋到耳后。

"我们要找食物,"他说,嘴张得老大,"并且我们还要做爱。"

提到食物,他的饥饿变得像那些气味一样真切。他再次转过身,朝向他闻到老妪负荷的地方。接着,那儿就什么也没有了,只有一片空旷,以及瀑布的雾霭,从小岛那边向他飘过来。他落下去了,双腿横跨在岩石上,脚趾和双手像贝壳一样牢牢吸附在岩石粗糙的表面上。他可以看到那些野尾草,它们在极端的视角下,一瞬间凝固在他的腋窝下。莉库在平台上呀呀叫着,珐平趴在边缘上,抓住了他的一只手腕,小家伙在她的毛发里挣扎、呜咽。其他的人陆续返回来。哈从耻骨向上都一览无余,小心翼翼但是非常迅捷地弯下身抓他的另一只手腕。他能感到他们汗湿的手掌里透出恐惧。一点一点地向上挪动手脚,终于他蹲到了平台上。他四下里爬爬,冲着那些现在又动起来的野尾草喋喋乱语。莉库在咆哮。妮尔弯下身子,把莉库的头埋在自己的一对乳房间,安慰地抚摸着她后背上的卷毛。珐把洛克拖了过来,让他面对着她。

"为什么?"

洛克在地上跪了一会儿，不停地挠着嘴下的毛发。接着，他指向那湿漉漉的、正从小岛那里向他们飘过来的雾气。

"老妪。她当时在那里。还有它。"

在他手的下面，空气涌上悬崖，而那些渡鸦也随之向上飞升。珐听到她男人的声音里透出了对老妪的关切，就把她的手从他的身上拿开了。不过，洛克的双眼直直地盯着她的脸庞。

"她当时在那里——"

完全的不理解让他们两个都沉默不语。珐又皱起了眉头。她不是一个可以随意欺骗的女人。有关老妪的某种东西存在于她脑袋四周的空气里，眼睛却看不到。洛克祈求着她。

"我当时转身看她，然后掉了下去。"

珐闭上眼睛，严肃地说：

"我看不到这个画面。"

妮尔领着莉库跟在其他人的后面。珐也跟在他们身后，完全无视洛克。他羞怯地跟在她后面向上爬，意识到了自己的错误；但是他一边走，一边仍咕哝着：

"我当时转身看她——"

其他人已经在道路的远端聚集在一起了。珐冲着他们大声喊着：

"我们来啦！"

哈喊了回去：

"这儿有个冰姬。"

在马尔身后上方的悬崖里有一道小狭沟，里面填满了陈雪，太阳还未照到那里。自身的重量和严寒，再加上深冬的急雨，已经把积雪挤压成冰块，岌岌可危地挂在那里，而水正从融化着的边缘和温暖一些的岩石之间流出来。虽然以前从海边冬季的巢穴返回时，他们从未见过那里有一个冰姬，他们依然不会认为是马尔把他们过早地带进了山。洛克忘掉他的脱逃以及那新奇的、难以捉摸的雾气味道，径直向前跑去。他站在哈的身边，大声叫了起来：

"欧阿！欧阿！欧阿！"

哈和其他人也附和着他一起大喊起来。

"欧阿！欧阿！欧阿！"

在瀑布不间断的轰鸣中，他们的声音显得很渺小，产生不了共鸣，不过那些渡鸦还是听到了并为此稍有踟蹰，继而又流畅地滑翔开去。莉库大声叫着，摇晃着小欧阿，尽管她不知道为什么要这么做。小家伙又一次醒来，像小猫一样伸出粉红色的舌头舔了舔嘴唇，然后从珐耳后的鬈发里向外窥探。冰姬高悬在那里，一动不动，死寂的流水从她的腹部缓缓淌下。大家安静下来，并迅速地走过去，直到她消失在岩石后面。他们一声不吭地来到瀑布边的那些岩石上，在那里，巨大的悬崖俯着身子寻找自己的双脚，它们淹没在一片白水的湍急和窒息之中。几乎就在他们眼睛的同一高度，有一道清澈的曲线，水就在这里从岩床上向下飞泻；水是如此清澈，他们可以一眼望穿。那里的水草，不是随着节奏轻慢地摇曳，而是狂乱地颤抖着，仿佛迫不及待要抽身远去。瀑布近旁的岩石被水雾弄得湿漉漉的，有一些菌类挂在上面。大家匆匆瞥了一眼瀑布，然后迅速向上前进。

在瀑布的上方，有一条河流淌在山脉之间的隘口里。

此刻，这一天差不多就要结束了，太阳沉入隘口，余晖在河面上闪烁。一河之隔，有水流从陡峭的山上淌下，那山是黝黑色的，藏匿在阳光照不到的地方；不过隘口的这一边并不是那么阴森可怖，这里是一片倾斜的岩层，以及一块慢慢过渡到悬崖的阶地。洛克无视

那未曾涉足的小岛,还有在它的远端、隘口另一边的山峰。他开始
加快脚步,跟在大家后面,他想到,阶地是非常安全的地方。没有什
么东西能够从水里出来侵扰他们,因为水流会把它们卷下瀑布;而
阶地上面的悬崖是狐狸、山羊、人类、鬣狗,以及鸟类的共有地盘。
甚至从阶地通往树林的道路也得到了很好的防护,路的入口非常狭
窄,只要一个男人手持荆棘条就能守得住。至于通往陡峭悬崖的小
径,除了人类的脚步以外,还未有外物踏足的痕迹,而那悬崖下面便
是水声喧腾、水柱四射的世界。

洛克还在小径末端的角落里磨磨蹭蹭,他身后的树林已经暗了
下来,阴影沿着隘口向阶地奔袭而来。大家叽叽喳喳地说着话,放
松了下来。但是,哈突然挥动他的荆棘条,把那带刺的一端放在身
前的地面上。他屈下膝盖,嗅了嗅空气。其他人立刻安静下来,在
突岩的前面散开成一个半圆形。马尔和哈手握荆棘条,欺身向前,
爬上坡地,观察下方突岩后面的情况。

不过那几只鬣狗已经走了。尽管它们的气味还遗留在几块散
布的石头和稀疏的小草上——那些石头是从岩顶上落下的,而那些
小草在这片土壤上生长了数个世代了——不过这气味是一天前的。
大家看见哈直起了他的荆棘条,表示不再做武器用,便放松了紧绷
的肌肉。他们沿着斜坡向上走了几步,站在突岩的前方,阳光把他
们的身影投射在一旁。马尔压抑住从胸腔里涌出的咳嗽,转过身看
着老妪,然后等待着。老妪跪在突岩前,拿出一个黏土球放在中间。
接着,她掰开黏土,揉碎,并撒在已有陈年碎土的地方。她把脸靠近
碎土,向它吹气。然后,她快步走向突岩的深处,那里有一些分布在
一根石柱两边的凹陷处,里面塞满了木条和粗细不同的树枝。她抱
回一些细枝和树叶,还有一根木头,那木头差不多要变成粉末了。
她把这些都放在碎土上,然后吹气,直到一缕青烟冉冉升起,紧接着

星星点点的火花蹿向空中。木头裂开了,一串紫石英色和红色相间的火苗袅袅而上,然后拉直,将老妪背对着太阳的脸映照得泛出红光,两只眼睛也闪闪发亮。她再次从那些凹陷处回来,把更多的木头放在火上,火堆放出了灿烂夺目的火焰,火花四射。她开始用手指收拾那潮湿的黏土,把它们的边缘整理妥当,这样火堆就坐立在一个浅盘子的中央了。然后,她站起身,对大伙说:

"这堆火又醒过来了。"

面对着火,大家又激动地说起话来。他们匆忙涌入那个空洞中。马尔蜷伏在火堆和凹陷处的中间,展开双手;珐和妮尔拿来更多的木头,摆放停当。莉库取来一根树枝,把它递给了老妪。哈靠着岩石蹲了下来,后背在上面来回蹭着,直到感到舒服了。他在右手边发现一块石头,捡起来,并向其他人展示。

"我有一个这块石头的画面。马尔用它砍过一根树枝。瞧,就是在这儿砍的。"

马尔从哈手中接过那块石头,掂了掂重量,皱了皱眉,然后微笑着看大家。

"这是我用过的那块石头,"他说,"瞧,我大拇指搁在这儿,我的手抓在这块厚实的地方。"

他举起石头,模仿马尔砍树枝的模样。

"这石头是块好石头,"洛克说,"它没有离开。它一直待在火堆旁边,直到马尔回来找到它。"

他站起身,视线越过斜坡下的泥土和石块向远处凝望。那条河也没有离开,群山也没有。突岩一直在等着他们。就在那一瞬间,他突然感到有一阵潮水般的幸福和狂喜向他袭来。所有的一切都一直在等着他们:欧阿一直在等着他们。甚至就在此刻,她正在催发球茎上的穗状花序、养树蛆、让土地散发出各种各样的气味、让每一个裂缝里和树枝上都鼓出壮硕的蓓蕾。他一路跳跃着奔向河边的阶地,双臂大大地舒展开来。

"欧阿!"

马尔从火堆旁挪开,检查了一下突岩的后部。他凝视着地面,把一些干树叶和鸟兽的粪便从岩柱下扒拉开去。然后,他蹲下身子,耸起肩膀,坐到了那里。

"这里就是马尔坐的地方。"

他轻轻地抚摸着那块岩石,就像洛克或者哈抚摸珐的样子。

"我们回家了!"

洛克从阶地那里返回来。他看看老妪。没有了火堆的负荷,她看上去不再那么疏远,更像是他们中的一员。他现在可以看着她的眼睛,并且同她说话,或许她还会回答他呢。他感到他需要说话,需要不让其他人看到他的不安,每当面对着火焰,他的心中总是会唤起这种不安。

"现在那堆火已经坐立在炉床里了。你感到暖和了吗,莉库?"

莉库把小欧阿从嘴边挪开。

"我饿了。"

"明天我们就会为所有人寻找食物。"

莉库托起小欧阿。

"她也饿了。"

"她会和你一起去的,然后就有东西吃了。"

他冲着周围的其他人大声笑着:

"我有一个画面——"

于是,大家也都大笑起来,因为这差不多是洛克拥有的唯一一个画面,他们都同他一样对其知之甚详。

"——一个关于发现小欧阿的画面。"

奇妙得令人难以置信,老树根扭曲起来,然后鼓出,又随着岁月的变迁变得平滑起来,最后变成了一个大肚子女人的模样。

"我站在树林里。我感受。就是这只脚,让我感受到——"他
为他们模仿着。他把重心放在左脚上,伸出右脚在地上探寻着,
"——我感受。我感受到了什么?一个球茎?一根木条?一块骨
头?"突然,他的右脚抓住了什么东西,然后把它拿起来放在左手里。
"它就是小欧阿!"他得意扬扬地闪现在大家面前,"于是,现在哪里
有莉库,哪里就有小欧阿。"

大家鼓起了掌,咧嘴笑着,一半是冲洛克,一半是冲那故事。在
掌声的褒奖中,洛克坐到火堆旁边,大家也安静下来,凝视着火焰
的深处。

太阳落入河中,光线也离开了突岩。现在那火堆较之以往越发
占据了中心的地位,白色的灰烬,一点红色,一串火苗向上摇曳着。
老妪安静地来回走动,在火堆上添加更多的木头,让红色的火舌将
其吞噬,火焰得以增强。人们注视着,他们的脸似乎随着忽闪的光
线在颤抖。他们布满斑点的皮肤色泽红润,他们眉毛下深邃的洞穴
里,每一个都驻留着一个火堆的复制品,此时他们的火堆在一起跳
跃着。他们说服自己全然接受火堆的温暖,他们舒展开四肢,并满
怀感激之情地把烟火味吸进鼻孔之中。他们弯曲起脚趾,伸开手
臂,甚至向火堆相反的方向移动了些许。一种最为深邃的静默悄然
降临在他们身上,它似乎远比一切语言更为自然;在这永恒的静默
之中,在这突岩之下,灵魂们聚集,然后都消失不见。喧腾的水声被
完全忽视,他们甚至能听得见轻风拍打岩石的声音。他们的耳朵仿
佛被赋予了别样生命,甄别着交杂在一起的种种细微声响,呼吸的
声音、潮湿的黏土滑落的声音,还有灰烬簌簌下落的声音,他们全盘
接收这些声音。

这时,马尔用平时极少见的不自信的声音开口了:

"是不是很冷?"

他们每个人都在自己的脑壳里回想，然后转过身看着他。马尔身上已经不再潮湿，干燥的毛发也卷了起来。他果断地向前挪了挪，跪了身，两个膝盖都放在黏土上，两只胳膊像支架一样一边一个，滚滚热浪扑向他的胸膛。这时，春风弹拨着火焰，送起一股轻烟，向他张开的嘴里直奔而去。他被呛了一下，猛烈咳嗽。他一直咳，一直咳，咳嗽从胸腔中喷涌而出，未加警告，也不事商量。它们欺凌着他的残躯，他张大着嘴，拼命呼吸。他向侧旁倒下，身体开始颤抖起来。他们能够看到他的舌头，以及他双眼中的惊恐。

老妪说话了：

"这是那根木头在水里沾染的寒气。"

她走过来，跪在他的身边，用双手揉搓他的胸部，并按摩他颈部的肌肉。她把他的头放在两膝中间，为他挡住风，直到他的咳嗽平息。他静静地躺下来，身子还在微微发抖。这是小家伙醒了，从珐的后背上爬下来。他在四散开来的腿中间爬来爬去，满头浓密的红发在火光中闪耀着。他看到了火堆，便从洛克弓起的膝盖下溜了过去，然后抓住马尔的脚踝，把自己撑了起来。两团小火焰在他的双眼中点亮，他呆住不动，向前探着身子，双手不忘紧抱那条颤抖的腿。人们的注意力分散在他和马尔的身上。这时，一根树枝突然爆开了，洛克惊得跳起来，火花向外射入夜色之中。在火花落地之前，小家伙便四肢着地趴在了地上。他快速地在大家的腿间爬动，然后攀上妮尔的胳膊，把自己藏在她后背和脖子上的毛发里。接着，在妮尔的左耳边，那两团小火焰中的一团露了出来，眨也不眨，警惕地观察着外面。妮尔扭过头，用她的脸颊上下轻柔地蹭着婴儿的脑袋。小家伙又被包裹了起来。他自己浓密的头发和母亲的鬏发为他提供了一个洞穴。她乱蓬蓬的头发垂了下来，正好庇护着他。很快，她耳边的小火点就熄灭了。

马尔支起身子,靠着老妪坐了起来。他的目光挨个扫过每一个人。莉库张开嘴想要说话,但是珐迅速嘘住了她。

马尔开口了:

"伟大的欧阿来到了世间。她从她的腹中孕育出大地。她赐予乳汁。大地产生了第一个女人,女人从她的腹中孕育出第一个男人。"

他们静静地听他说话。他们期待听到更多,听马尔所知道的一切。有一个画面,曾几何时,许许多多的人存在于这世上,他们非常喜欢那个故事发生,那个时候一年四季都是夏天,鲜花和果实挂在同一根树枝上。同样还有一长串的名字,它们从马尔开始,然后往回追溯,总是会选出那个时候的最年长的男人。可是现在他没有多说一句。

洛克坐到马尔面前,挡住了风。

"你饿了,马尔。人饿了就会冷。"

哈张开嘴:

"等太阳回来时,我们就去找东西吃。待在火堆旁,马尔,我们会给你带回食物,然后你就会强壮起来,暖和起来。"

这时,珐过来了,她把身体靠在马尔身上,这样,他们三个人把马尔围了起来,让他正对着火堆。他在咳嗽的间隙里对他们说:

"我有一个画面,关于我们必须要做的事情。"

他低下头,看着火堆里的灰烬。人们等待着。他们可以看到他的生命已经消耗到了何种程度。眉头上的白色长毛非常稀疏,还有那本该向下覆盖住他额头的鬈发已经往后退去,在他两道眉毛的上方露出一指宽裸露着的皱巴巴的皮肤。在它们的下方,两个巨大的眼眶深邃、幽暗,坐落其中的眼珠黯淡无光、充满悲苦。现在,他举起一只手,仔细检查着上面的手指。

"大家必须找到食物。大家必须找到食物。"

他用右手抓住左手的手指；紧紧地攥住，仿佛握力会让那些想法待在里面、得到掌控。

"一根手指表示木头。一根手指表示食物。"

他摇晃着脑袋，接着说：

"一根手指表示哈。表示珐。表示妮尔。表示莉库——"

一只手的手指用完了，于是他看向另一只手，并轻轻地咳嗽起来。哈动了一下身子，但是什么也没说。这时候，马尔舒展开眉头，放弃了。他低下脑袋，双手抓住了脖子后面的灰白毛发。他们从他的声音里听出了他的疲惫。

"哈要从树林里弄来木头。妮尔和他一起去，还有小家伙。"哈的身子又动了动，珐把她的胳膊从老翁的肩膀上拿下来。马尔继续

讲话：

"洛克要和珐以及莉库一起觅到食物。"

哈说话了：

"莉库太小了，还不能上山，也不能跑到外面的平原上。"

莉库大声叫了起来：

"我要和洛克一起去！"

马尔在他的膝盖下咕哝道：

"我早说过了。"

事情都安排好了，人们变得急迫不安起来。他们知道他们身体的某个地方不对劲，但是话已经说过了。话说过了以后，它就如同行动已经有声有色地开始进行，他们很担心。哈抓起一块石头，漫无目的地敲击着突岩里的岩石，而妮尔则又开始轻声地呻吟。只有洛克，他脑子里的画面最少，由于记起了欧阿的那些匪夷所思的画面，以及她的恩惠，他在阶地里尽情舞蹈。他跳了起来，面对着大

家,他的鬓发在夜晚的空中摆动。

"我要用我的两只胳膊夹回食物"——他做了一个大大的手势——"这么多食物以至于我走路东倒西歪了——瞧好吧!"

珐冲着他咧嘴笑:

"这世上还没有那么多的食物。"

他蹲下来。

"现在我脑子里有了一个画面。洛克从瀑布那里回来。他沿着山边奔跑,他提着一头鹿。一只大猫杀死了那头鹿,吸光了它的血,所以没有什么可指责的。就这样。鹿在左边胳膊下。右边胳膊下"——他伸出右臂——"是一头奶牛的后腿。"

他在突岩前,假装有肉的负荷,东倒西歪地走着路。大家和他一起大笑起来,然后笑话他。只有哈静静地坐在那里,只是微微地笑,直到别人发现了他,看看他再看看洛克。

洛克气势汹汹地吼道:

"那是一个真的画面!"

哈一言不发,只是继续微笑。大家都在看着他,他用手把两只耳朵拢起来,把它们慢慢地、庄严地对着洛克,如同他亲口说出一样清晰地表明:我听到了你所说的!洛克竖起毛发,张开嘴,对着那两只挖苦人的耳朵以及似笑非笑的脸庞吱哇乱叫起来。

珐打断了他们:

"别闹了。哈的画面很多,但话语极少。洛克满嘴的话,脑子里却没有画面。"

听到这话,哈大声笑着叫了起来,冲着洛克摇摆着双脚;洛克也大笑起来,虽然不知道为什么要笑。洛克突然非常渴望这种由他们默契所产生的和平,这种无所顾忌的和平。他收敛自己的暴脾气,悄悄爬回到火堆旁,假装非常可怜,于是,他们就假装过来安慰。然后，大家再次安静了下来，突岩前只剩下一个灵魂，或者说一个灵魂也没有。

没有一点预警，大家的脑海里分享了一个画面。这是马尔的画面，似乎同他们隔着些距离，他全身被照亮，所有的憔悴悲苦都清晰明确地被展示出来。他们不但看到了马尔的身体，同时也看到了那些在他脑海里忽明忽暗、缓缓飘过的画面。有一个正在逐渐取代其他的，它在一片疑团迷雾和胡思乱想中慢慢得以彰显，最后他们都明白了，他用如此迟钝的信念所思的事物是什么。

"明天或者之后的一天，我会死去。"

人们再次分散开来。洛克伸出一只手，碰了碰马尔。但是马尔没有感觉到，他被覆盖在那妇人披下的毛发之中，显得非常痛苦。老妪瞥了一眼珐。

"是水里的寒气。"

她弯下腰，在马尔的耳边轻声说道：

"明天就会有食物了。现在睡觉吧。"

哈站了起来。

"还会有更多的木头。你难道不想多喂一点东西给火堆吃吗？"

老妪走到一个凹陷处，挑选了一些木头。她把这些木块巧妙地安放在一起，这样无论火苗在哪里升起，都可以品尝到干木头。不一会儿，火苗再次蹿向了空中，大家也回到突岩下。围坐的半圆形变大了，莉库溜了进去。毛发簌簌作响，发出警告，大家欣慰地冲着彼此微笑，然后，开始大声地打哈欠。他们围在马尔的四周，紧紧依偎在一起，用肉体造出一个温暖的摇篮把马尔托在里面，让他面对火堆。他们扭动着身体，喃喃自语。马尔咳嗽了一会儿，然后也睡着了。

洛克蹲在一侧,看着外面黝黑的流水。这里并没有什么有意识的决定,但是他担任了放哨之职。他也打着哈欠,觉察到了肚子里的疼痛;他想到了美味的食物,流下了几滴口水;他刚准备开口说话,但想起其他人都在睡觉。他只好站起身来,挠了挠唇下紧密的卷毛。珐就在身边,突然他又想要她了;不过这种欲望此刻很容易忘却,因为他脑子里大多数时候更愿意想的是食物。他想起那些鬣狗,于是,他沿着阶地慢慢走着,直到可以顺着斜坡看到下面的树林。无尽绵延的黑暗,点点墨色渲染其中,一直延伸到远处灰白色的长条,那是大海;近一些的地方,那条河在沼泽和曲径中蜿蜒前行,明暗交错。他抬起头看看天空,很澄澈,只有海天交接处的地方有几朵蓬松的白云。在他目光的注视中,随着火堆的残像在眼里消逝,他看到一颗星星点开了天幕,一闪一闪。然后有更多的星星,布满苍穹,天际之间星落云散,辉光抖颤。他双眼一眨不眨地打量着群星,而鼻子则在搜寻着鬣狗,它告诉他近旁并没有它们的踪迹。他爬到那些石块上,向下看瀑布。河水流入低洼处的地方总是会有光线的。那烟气腾腾的水雾仿佛捕获住了所有存在的光线,并把它们精细地分布开来。然而,除了水雾之外,这些光线没有照亮其他任何东西,整个小岛还是陷于一片漆黑之中。洛克脑子空空如也,凝视着黑色的树木和岩石,它们透过茫然的白色,若隐若现。小岛就像一个坐在地上的巨人所伸出的一条腿,他的膝盖淹没在丛生的大树和灌木之间,挡住了瀑布那闪着微光的岩床,而他那有碍观瞻的双脚就在底下张开着,舒展着,已经变了形,融入苍茫的夜色之中。巨人那能承载起如山一般躯体的大腿,湮没在隘口的流水之中,逐渐隐退,直到埋入杂乱的岩石丛里。那些岩石在阶地上蜿蜒游走,有好几个人的长度。洛克揣摩着那巨人的大腿,就好比他揣摩月亮一样：都是那么遥远的事物，与他所熟知的生活毫不相干。如果想要到那小岛上去，大家就必须得跳过阶地和岩石丛之间的隘口，而脚下的水则迫切地要把他们卷下瀑布。只有更加敏捷的生物，在受到惊吓的时候，才敢纵身一跳。所以那小岛依然无人问津。

他脑子里出现了一个他在海边巢穴里悠闲的画面。他转过身去看下面的那条河，看到逶迤的河水化作一个个池塘，在夜色中发出昏昏沉沉的光芒。他的脑子里出现了那条小径的奇怪画面，就是那条从海边开始、穿越了他身下的幽暗、把他们一直带到阶地的小径。他看了看，一想到那条小径真的就在他目光所视的地方，便变得困惑起来。在这片地域，丛生的乱石似乎陷入了最为湍急狂暴的涡流之中而不能自拔，加上下面那条在树林中岔开的河流，这一切对于他的头脑来说，过于复杂了，尽管他的感官能够帮他找到一条穿越其中的曲径。他放弃思索，感到一阵轻松。他转而张开鼻孔，开始搜寻那些鬣狗，可是它们都走了。他快步走到下面岩石的边上，往河里撒尿，然后，轻轻地走回去，蜷伏在火堆的一边。他打了个哈欠，又对珐产生欲望，但只是挠了挠自己。悬崖上有眼睛在注视他，甚至小岛上也有眼睛，但是只要火堆里的灰烬还未完全冷却，就没有什么东西会靠近。老妪仿佛意识到了他的想法，醒过来，在火堆上添了一块小木头，然后用一块扁平的石头把灰烬拢到一起。马尔在睡梦中干咳了几声，引得其他人一阵骚动。老妪重新睡下。洛克把两只手掌放进眼眶里，带着睡意揉了揉它们。因为压力，眼前出现绿色的斑点，从河那边飘过来。他眨了眨眼，看向左边，那里瀑布雷鸣般的轰鸣是如此单调，他已充耳不闻。风在水上吹拂，盘旋，然后强劲地从树林里直冲而上，掠过隘口。线条分明的天际此时变得模糊，树林也有了亮光。有一片云升到瀑布上方，雾霭从刻蚀而成的盆地里悄然升腾而起，不断受着河水的冲击，被风向后卷起。小岛熹光初露,潮湿的雾气蹑手蹑脚地向阶地袭来,萦绕在突岩的拱弧之下,并把人们笼罩在小水滴之中。那些水滴太小了,大家根本觉察不到,只有当它们聚集在一起时,才能被看见。洛克的鼻子自动张大,辨识着那伴随雾霭而来的复杂的混合气味。

他蹲下来,满脸困惑,浑身发抖。他把双手窝在一起罩在鼻孔上,仔细嗅了嗅被关在里面的空气。他双眼紧闭,精神高度集中,把全部的注意力都放在那变暖的空气上,似乎有那么一瞬间,他接近了感悟的边缘;接着那气味像水一样挥发了,就像一个来自遥远地方的小东西,当辛劳的泪水将其淹没的时候,就变得扑朔迷离。他放开空气,睁开了眼睛。瀑布带来的雾气随着风向的转变飘忽远去,而夜晚的气味没有特别之处。

他冲着小岛和滑向崖边的黑水皱了皱眉,然后打了一个哈欠。当一个新的想法看起来没有什么危险的时候,他就无法停留在其中了。火堆逐渐变弱,成了一只红色的眼睛,除了自身,其余一概无法照亮;人们一动不动,呈现出岩石的颜色。他坐下来,身体前倾,想要睡觉,同时用一只手把两个鼻孔往里按住,这样寒冷的气流就减弱了。他抬起膝盖抵住胸部,尽可能减少体表暴露在夜晚的空气里。他不知不觉地抬起了左臂,并把手指藏在脖子后的毛发里。他的嘴巴垂下,埋在两个膝盖中间。

在海上,一张云床里,昏暗的橙色光线已经展开。那些云朵的手臂变成了金色,那几乎已经溢满的月亮,其边缘向上晕出,浸染在云层中。瀑布的岩床在闪烁着,光线沿着其边缘或来回蹿动,或突然跳起,耀出光芒。小岛上树木的轮廓清晰起来,高出一头的山毛榉树干突然呈现出银白色。在水的对面,隘口的另一边,悬崖依然为黑暗提供着庇护,不过在所有其他地方,群山展现了它们的雪顶和冰冻。洛克睡着了,靠两条后腿支撑平衡。一个微小的危险迹象,就能让他沿着阶地拔腿飞奔,就像一名短跑健将从起跑点出发的那样。一层薄霜在他身上闪着光,就像大山上闪着光的冰冻。火堆此刻成了一个迟钝的圆筒,里面还有为数不多的红点,蓝色的火苗在上面游走,捕捉着那些树枝和木块尚未烧完的边边角角。

月亮慢慢升了起来,几乎垂直地挂在天上,上面除了几片碎云的踪迹,空无一物。光线爬到下面的小岛上,把那些水雾照得一览无遗。它被绿色的眼睛紧紧地盯着,它发现了一些灰色的形体,正从光明之处滑向阴影,或在大山两边开放的空地上迅捷地奔跑。它落在满林子的树木之上,于是一层淡淡的象牙色撒播开来,在腐烂着的树叶和大地上移动着。它躺在河水和舞动着的野尾草上;那水面上到处都是闪亮的环孔和圆圈,还有液态冷火的涡旋。从瀑布的底部传来一阵声响,那声响是失去了回音和共鸣的雷声,是一种声响的外壳。洛克的耳朵在月光下抽动,覆盖在它们上沿的薄霜也颤抖起来。洛克的耳朵对洛克说话。

但是洛克已经睡着了。

三

　　洛克觉察到老妪比其他任何人都要早起身,在黎明的第一束晨光到来之际,她就忙于照看那堆火了。她搭起一堆木块,他在睡梦中听到木头在爆开,噼啪作响。珐还蜷伏着,老翁的脑袋在她的肩膀上,不安地动着。哈身子一动,站了起来。他走到下面的阶地上,撒尿,然后返回来,看着老翁。马尔和其他人一样,还没有醒来。他的身躯重重地坐在腿上,脑袋在珐浓密的毛发里转来转去,呼吸像母鹿一样急促。他的嘴大大地张开着,正对烈焰;但是,另外那一团隐形的火正在把他慢慢融化;它布满在他四肢松垂的肌肤上,以及他深陷的眼眶周围。妮尔跑到下面的河边,用双手捧来了水。马尔啜饮着水,眼睛还没有睁开。老妪在火堆上添加了更多的木块。她用手指了指凹陷处,然后冲着树林晃了晃脑袋。哈碰了碰妮尔的肩膀。

　　“来吧!”

　　小家伙也醒了,他爬到妮尔的肩膀上,嘤嘤地对着她叫了一会儿,然后冲着她的乳房叫唤。妮尔跟在哈后面,沿着捷径,快步向下面的树林奔去,与此同时,小家伙吮吸着她的奶头。他们在角落里徘徊了一会儿,然后消失在那几乎与瀑布顶端平齐的晨雾之中。

　　马尔睁开眼睛。他们不得不俯下身子才能听得到他所说的话。

　　“我有一个画面。”

　　三人等待着。马尔举起一只手,平放在眉毛之上的头顶处。尽管他眼睛里的两团火在颤动着,但是他并没有看着他们,而是看向远处水对面的某个东西。他的注意力是如此集中,备感恐惧,洛克不得不转过身来看看他是否能找到马尔所惧之物。那里空无一物，除了一根木头——它是被春日的洪水从河流的某个小支脉的岸边冲过来的——从他们面前滑过，无声地漂到瀑布的边缘。

"我有一个画面。这火堆正往外飞出，进入树林，把树木都吃光了。"

他的呼吸变得更加急促，此刻他是清醒的。

"它在燃烧。树林在燃烧。大山在燃烧——"

他把头转向他们中的某一个，声音里带着惶恐：

"洛克在哪里？"

"在这儿。"

马尔眯缝起眼睛看着他，皱起了眉头，一脸的困惑不解。

"这是谁？洛克在他妈妈的后背上，而且树都被吃光了。"

洛克移动了一下双脚，然后憨里憨气地大笑起来。老妪抓住马尔的手，放在脸颊上：

"那是很久以前的画面了。那全都结束了。你只是在睡梦中见过它。"

珐拍了拍马尔的肩膀，然后把手停留在上面。她睁大了眼睛，但还是温柔地对马尔说话，就像她对莉库说话时那样。

"洛克就在你面前，双脚站在地上。瞧！他现在是男人了。"

终于搞明白了是怎么回事，洛克备感轻松，他迅速对大家说：

"是的，我是男人了。"他展开双手，"我在这儿，马尔。"

莉库醒了，打着哈欠，小欧阿从她的肩膀上滚落下来。她把它搂进怀里。

"我饿了。"

马尔转过身，动作很快，几乎从珐的身上摔倒在地。珐不得不伸手抓住他。

"哈和妮尔去哪儿了?"

"你派他们出去,"珐说,"派他们找木头。并派洛克和莉库还有我去找食物。我们很快就会给你带些吃的回来。"

马尔来回摇晃着身体,用双手捂住了脸。

"那是一个不好的画面。"

老妪伸开手臂抱住了他。

"现在睡吧。"

珐把洛克从火堆旁拉到一边。

"莉库和我们一起去外面的平原上,这一点可不太好。让她待在火堆旁吧。"

"马尔说她能去。"

"他脑子生病了。"

"他看到一切都在燃烧。我有点害怕。大山怎么会烧起来?"

珐抗拒地说:

"今天就像是昨天和明天。"

哈和妮尔,还有小家伙费力地穿过了阶地的入口处。他们怀里抱着折断了的树枝。珐冲上去迎接他们。

"因为马尔说过,我们就必须带着莉库一起去吗?"

哈拉了拉他的嘴唇。

"那是新情况。不过是说过了的。"

"马尔看到大山着火了。"

哈抬起头看着他们上方那朦胧的巍峨。

"我看不到这个画面。"

洛克紧张地咯咯笑起来。

"今天就像是昨天和明天。"

哈把两只耳朵向他们扭动了一下,然后庄重地微微一笑:

"是这么说的。"

就这样,那难以名状的紧张态势消除了。珐和洛克带着莉库沿着阶地飞奔而下。他们跳上悬崖,开始向上攀爬。很快,他们就来到一定的高度,足以看清瀑布脚下那一线烟气弥漫的水雾,瀑布声如雷贯耳。悬崖变得不那么陡峭了,洛克俯下身子,单膝跪地,大声喊道:

"上来!"

光线此时又明亮了一些。他们可以看到河里波光闪闪,河水流淌在穿越群山的隘口和大片的天幕之间,天际的群山像一道大坝拦阻着湖水。在它们的下面,雾霭笼罩着树林和平原,并悄悄地歇靠在大山的侧旁。他们开始沿着陡峭的一边奔跑,冲着雾霭,穿梭而下。他们越过了光秃的岩石,登临了残缺而锋利的乱岩石堆,涉过了疯狂的小溪流,最后来到一片圆拱形的岩石旁,那里有一簇稀疏的新草,还有几棵被风吹得后仰的灌木。小草湿漉漉的,织在叶片间的蛛网粘在他们的脚踝上。斜坡慢慢平坦了,灌木也茂密起来。他们渐渐走到了雾霭的边缘。

"太阳会喝干这片雾气。"

珐没有理会。她正在低头寻觅,脖子边上的卷毛刷下了树叶上的露珠。一只鸟嘎的一声,跳起笨重的身体,向天上飞去。珐扑向鸟窝,莉库用两只脚敲打洛克的肚皮。

"鸟蛋! 鸟蛋!"

她从他的后背上溜了下来,在草簇之间手舞足蹈。珐从灌木上折下一根刺,在鸟蛋的两端各扎了一个洞。莉库一把夺过她手里的蛋,大声地吮吸起来。有珐的一只鸟蛋,还有洛克的,三个人一口气吸光了三只鸟蛋。吃的时候,他们才意识到他们是如此饥饿。然后,他们再次投入忙碌的搜寻中。他们继续向前挺进,弯腰寻觅着。

尽管没有抬头看天,但是他们知道他们正顺着消退的雾霭,向下来到一块平地上,也知道朦胧的光亮中包含了太阳照向大海的最初光线。他们拨开树叶,向灌木丛里窥视,找到一些尚未醒来的树蛆,还有躺在一堆石块下的苍白的嫩枝芽。他们一边淘挖一边吃,珐安慰他们说:

"哈和妮尔会从树林那里带回一些食物的。"

洛克在找寻蛴螬,软软的美味,浑身都是力量。

"我们不能只带一只树蛆回去。回去。然后就一只树蛆。"

他们进入一个开阔地带。曾经一块大石头从山上滚落下来,砸开了地上的另一块石头。这块裸露着的土地如今已经被一些肥硕的白色嫩枝所侵占。它们钻出土地,见到了光明,不过它们太短太粗,一碰就折。他们肩并着肩,聚拢成一个圈,吃着圈里的嫩枝。嫩枝的数量太多了,他们边吃边闲聊,充满激动和喜悦,还不时发出短促的惊叫。一时间,他们不再感到饥火烧肠,只是觉得有点饿罢了。莉库一言不发,坐在地下,双腿舒展着,用两只手抓着嫩枝吃。

这时,洛克做出一个拥抱的姿势。

"如果我们在地块的这一端吃,那么我们就可以把别人带到那一端去吃。"

珐含糊不清地说:

"马尔不会来的,她也不会离开他。当太阳走到大山的另一边,我们就应该从这边走回去。我们会把我们能够抱住的都带回去给大家吃。"

洛克冲着这块地打了个嗝,满怀深情地看着它。

"这是个好地方。"

珐皱了皱眉头,津津有味地咀嚼着。

"这块地要是近一些的话——"

她一大口吞下嘴里的东西。

"我有一个画面。好食物正在生长。不是这儿,在瀑布的边上。"

洛克冲着她大笑起来。

"靠近瀑布的地方长不出像这样的植物。"

珐把两只手大大地摊开,紧盯着洛克。然后,她合拢双手。她歪着脑袋,眉毛轻轻向上挑开,她有疑问,但却无法用语言阐明。她再次尝试。

"但是,如果——瞧这个画面。突岩和火堆就在下边。"

洛克抬起脸,大笑起来。

"这地方在这儿,而突岩和火堆在那儿。"

他折断了更多嫩枝,把它们塞进嘴里,继续吃着。他看向那更加明朗的阳光,阅读着白天的迹象。很快,珐就忘了她的画面,站起身来。洛克也站起来,代表她发话:

"来吧!"

他们沿着岩石和灌木快步走了下去。忽然,太阳散发出一圈阴沉的银光,透过云层倾斜地飞洒下来,只是它依然待在原地。洛克走在前头,然后是莉库,神情严肃而迫切,因为这是她的第一次正规觅食。斜坡平缓了一些,他们来到了一个状如悬崖的边缘地带,再那边是平原上的一片石楠海洋。洛克立住身体,其他人也在他身后停下。他转过身,用目光问了珐一个问题,然后又抬起头。他鼻子里突然喷出一股气,接着又吸了口气。就这样,他细致地辨识着空气:吸进一股气流,然后让其停留在鼻孔里,直到他的血液把它温暖,让其释放气味。他的鼻腔里上演了感知的奇迹。气味是最小的可能性踪迹。洛克,如果他能够做出一番比较,也许会揣摩那踪迹到底是真的气味,还是某人的记忆。这气味如此微弱和陈旧,以至于当他用目光询问珐的时候,她并不明白他的意思。他冲着她呼出了那个词。

"蜂蜜?"

莉库上蹿下跳起来,珐嘘住了她。洛克再次测试了空气,但是这一次一种新的气味萦绕在鼻端,里面空无一物。珐等待着。

洛克不需要思考风是从哪个方向吹来的。他攀到一个把太阳挡在外面的岩石圈上,正要跨过它时,风向转变了,他又遇到了那个气味。那气味变得真实起来,令人激动,他顺着气味很快来到一小块绝壁前,霜冻和阳光已经使它开裂,雨水也把它冲刷成一个由很多缝隙组成的网状结构了。其中一个缝隙的边缘有一些污迹,就像是棕色手指留下的标记,里面还有一只蜜蜂,尽管阳光照满了整个岩石表面,它已经奄奄一息了,依附在离入口处大约一手宽的地方。珐摇了摇脑袋。

"几乎不会有蜂蜜的。"

洛克把他的荆棘条掉过头来,把磨平了的柄端伸进裂缝里。里面几只蜜蜂开始沉闷地嗡嗡叫了起来,饥饿和寒冷已经使它们麻痹了。洛克把那柄端在裂缝里搅动着。莉库憧憬着。

"有蜂蜜吗,洛克? 我想要蜂蜜!"

一些蜜蜂从裂缝里爬出来,迟钝地围着他们飞。有几只重重地摔在地上,用两只扇子一样的翅膀向前爬行。有一只挂在珐的头发上。洛克把荆棘条抽回来。柄端沾有一点蜂蜜和蜂蜡。莉库停止跳跃,把柄端舔得干干净净。现在,其他两个人已经缓解了饿虫的啃噬,他们乐呵呵地看着莉库吃。

洛克絮叨起来:

"蜂蜜是最好的。蜂蜜有种力量。瞧,莉库多么喜欢蜂蜜。我有一个画面:有那么一天,当蜂蜜从这个裂缝流到岩石上,你就可以从你的手指上品尝到蜂蜜了——就是那样!"

他把手放下,抹在岩石上,然后舔了舔手指,品尝着对蜂蜜的回忆。接着,他又把荆条的柄端插进裂缝里,那样莉库就又有的吃了。很快,珐变得焦躁不安起来。

"这是我们下到海边那个时候的陈蜂蜜。我们必须要为其他人找到更多的食物。来吧!"

但是,洛克又把柄端插了进去,为了看莉库吃时的开心画面,还有她肚子的样子,以及对蜂蜜的回忆。珐走下岩石圈,雾霭已经缩进平原里,她也紧跟了过去。她在边缘的地方弯下身子,然后不见了。接着,他们就听到她的大声喊叫。莉库蹿上洛克的后背,然后,他滑下岩石圈,循着声音赶过去,手里的荆棘条已经做好了准备。在岩石圈的边缘,有一条锯齿状的小沟,通向开阔的地域。珐蜷伏在小沟的口头,看着外面的草地和平原上的石楠。洛克快步走向她。珐浑身微微颤抖着,踮脚站起身来。那边有两个浅黄色的生物,它们的腿藏在棕色的石楠树丛里,离她很近,足以让她看清它们的眼睛。它们是耳朵直竖的动物,听到她的声音,它们停下正在做的事情,立起身来,站在那里凝视着这边。洛克把莉库从后背上顺下来。

"爬。"

莉库爬到小沟边,蹲下,她的位置较高,洛克够不着。那两个黄色的生物龇着牙。

"上!"

洛克欺身向前,手里的荆棘条放在身侧。珐迂回在他的左边。她两只手各持一块自然形成的刀状石块。那两只鬣狗向彼此靠拢了一些,然后咆哮起来。珐突然扬起她的右手,手中的石块砰的一声重重地打在那母狗的肋骨上。母狗嗷的一声,号叫着跑开了。洛克箭步上前,挥舞着荆棘条,把上面的刺扎进公狗咆哮的口鼻处。而后,两头野兽都退到了圈外,恶声恶气地交谈着,面露惧色。洛克站在它们和那被杀死的猎物之间。

"要快,我嗅到了大猫的气味。"

珐跪在地上,面对那柔软的尸体,不知该如何是好。

"有只大猫已经吸光了它的血。没什么可指责的。那两只黄色的东西还没有吃到肝脏呢。"

她正在用石块的薄刃猛烈地划割着那母鹿的肚子。洛克冲着两只鬣狗挥动荆棘条。

"这下子,所有人都有很多食物了。"

他可以听到珐在撕扯那带毛的皮和内脏,他一边咕哝,一边大口喘气:

"要快。"

"我快不了。"

那两只鬣狗,已经结束了它们邪恶的交谈,正从左右两边包抄过来。

就在洛克面对着它们的时候,两只一直飘在空中的巨鸟飞了过来,影子掠过洛克的头顶。

"把母鹿弄到岩石上去。"

珐使劲拖着母鹿,并冲着鬣狗愤怒地吼叫。洛克赶过来帮忙,他弯下身子,抓起母鹿的一条腿,步履沉重地把母鹿的尸身向小沟的方向拖,同时不停地挥舞着手中的荆棘条。珐抓住一条前腿,也拖拽起来。两只鬣狗尾随着他们,保持着恰当的安全距离。两人把母鹿拖进小沟狭窄的入口,就放在莉库的下方,那两只鸟此时飘了下来。珐继续用她的石刀砍削起来。洛克找到一块圆石头,可以当榔头使。他捶打着鹿身,把骨关节砸开。珐兴奋地咕哝着。洛克一边说话,一边用他的两只大手撕碎、拧开、折断鹿身上的肌腱。与此同时,那两只鬣狗在来回奔跑着。那两只巨鸟也荡了进来,栖息在对面的岩石上,莉库慌忙滑下来,走到洛克和珐的身边。那头鹿已经支离破碎,四散开来了。珐扒开它的肚子,切开复杂的胃部,掏出嚼碎了的已经酸腐了的草,还有折断了的嫩枝芽,扔在地上。洛克敲开鹿的头颅,扒出脑髓,然后撬开鹿嘴,把舌头撕扯下来。他们在鹿的胃里装满了美味珍肴,然后用肠子系好,这样,鹿胃就变成了一个软袋子。

自始至终,洛克在咕哝的间歇说道:

"糟糕。太糟糕了。"

此刻,那鹿的四肢已经被敲碎了,血肉模糊地连在一起。莉库蹲在边上,吃着珐给她的一块鹿肝。岩石之间的空气森然可怖,充满了暴力和汗腥味,还有浓烈的肉香和邪恶的气息。

"快!快!"

珐无法告诉他她所惧何物;大猫不会回过头来找一只已经被吸干了血的猎物。它很可能已经离开此处平原,走完半天的旅程了,现在正在鹿群的周边附近晃悠着,或许它正猛冲向前,尖牙已经刺进了另一个受害者的脖子,并吸着它的血。然而,在那两只虎视眈眈的巨鸟之下,空气里凝结着一种莫名的黑暗。

洛克大声地说着话,心里领会了这种黑暗。

"这太糟了。欧阿从她的肚子里带来了这头鹿。"

珐一边用双手撕扯着,一边透过咬紧的牙关嘀咕:

"不要提及那个了。"

莉库还在吃着,对那黑暗毫不在意,满嘴咀嚼着那饱满的、热乎乎的鹿肝,连下巴都痛了。珐的驳斥止住了洛克的絮叨,但他还是小声嘀咕。

"这很糟糕。但是一只大猫杀死了你,也没什么好指责的。"

当他宽厚的嘴唇在一张一合的时候,口水流了下来。

太阳此时已经扫清了雾霭,他们可以越过那两只鬣狗看到平原上迎风波动的石楠丛,以及在其远方低矮一些的淡绿色树梢和闪光的水面。在他们身后,群山陡峭肃穆。珐向后坐下,喘了一口气。她用手背擦了擦眉头。

"我们必须要爬到更高的地方,让那些黄色的家伙跟不过来。"

那头鹿现在除了碎皮、骨头和蹄子外就所剩无几了。洛克把他的荆棘条递给珐。她接过一边在空中嗖嗖地挥动起来,一边冲着那两只鬣狗粗暴地吼叫。洛克用扭曲的鹿肠子把鹿的胯部拴住,然后把末端绕在自己的手腕上,这样他就可以一只手拎了。他弯下腰,把鹿胃的底部叼在嘴里。珐抱起一堆颤巍巍的残皮碎肉,而他又抱起了两倍的分量。他开始后撤,咕哝着,凶相毕露。那两只鬣狗挪进了小沟的入口处,那两只秃鹰展翅飞起来,盘旋在荆棘条刚好够不着的上方。莉库被夹在两人中间,她壮起胆,冲着秃鹰摆动她手里的那块鹿肝:

"走开,尖嘴鸟们! 这是莉库的肉!"

秃鹰尖叫着放弃了,赶去同正在嘎吱嘎吱咬嚼那些丢弃下来的碎鹿骨和血迹斑斑的鹿皮的鬣狗争食去了。洛克已经说不出话来。从母鹿身上夺来的食物,已是他在平地上肩背的负荷极限。而现在,几乎全部的重量都要靠他的手指和紧咬的牙齿来承担。在他们到达岩石圈的顶部之前,他的身子就已被压弯,手腕也疼痛难忍。还好,珐不需要分享画面,就能理解这一切。她来到他的身边,拿下他嘴里叼着的软袋子,好让他喘气更容易些。然后,她和莉库在前头继续往上爬,让他在后面跟着。在他费力地跟上她们之前,他已经换了三种姿势拿鹿肉。他的脑子里混杂着黑暗和喜悦,他听到了

心脏跳动的声音。对着躺在小沟入口处的黑暗,他说起话来:

"当人们从海边回来的时候,几乎没有什么食物。没有野莓,没有水果,没有蜂蜜,几乎什么东西都没得吃。人们饿得瘦骨嶙峋,所以他们必须要吃东西。他们不喜欢肉的味道,但是他们必须得吃。"

他此刻沿着大山的一侧,小心翼翼地走在光滑的岩石坡上,那是他的双脚得以借力的地方。他一边流着口水,一边摇摇摆摆地走着,这时,他又有了一个很棒的想法:

"这鹿肉是为生病了的马尔准备的。"

珐和莉库在大山的边上找到一处断层,于是一路小跑,来到隘口上。洛克被落在后面,他一边费力地往前挪着步,一边寻找一块可以用来暂时放置鹿肉的岩石,就像老妪当初放置负荷一样。他在那断层起始的地方找到一块岩石,一个平面的石板,另一端是空的。他蹲下来,让鹿肉在上面滑动,直到它承担起自己的重量。在下面,有更多的秃鹰加入了原先那两只的行列,一场愤怒的派对正在进行着。他把目光从小沟和黑暗那里移开,寻找珐和莉库。她们已经走得老远了,依然在快步奔向隘口。在那里,她们可以告诉其他人食物的事,并且也许会让哈过来帮他搬运鹿肉。他不太想继续前行了,便歇了一会儿,观察着这忙碌的世界。天空是一片淡蓝色,远处海滩的色泽也深不了多少。视线中最幽暗的东西是一群群冲着他而来的深蓝色阴影,它们移过草地、石堆和石楠丛,跨过平原上灰色的地表。它们停歇在树林里的植物之上,冲淡了春天绿色枝叶间的层层雾霭,并把河水的光影吸收了进去。当它们靠近大山的时候,它们宽度渐次扩大并缓缓没过了山顶。他朝着瀑布那边一路看过去,珐和莉库的身体已经十分微小了,她们即将走出视线。这时候,冲着瀑布上方的空气,他皱起了眉头,张开了嘴。火堆的烟已经移动了位置,并且改变了性状。在那一瞬间,他认为是老妪变换了火堆的位置,不过紧接着,当意识到这个画面是多么愚蠢,他大笑起来。老妪不可能会生出那样的烟。它黄白相间,袅袅升起,那烟是来自潮湿的木头或是一根还带着树叶的青树干;除了傻瓜或者某种太不熟悉火之习性的生物外,不会有人会如此不明智地使用它们来生火。有两堆火,这一想法进入了他的脑袋。火有时候会从天上落下来,并且在树林里熊熊燃烧一阵子。当花儿全部凋谢而太阳又太炙热的时候,火会在平原上石楠丛的中间魔法般地苏醒过来。

洛克再次冲着那画面大笑起来。老妪不可能会生出这样的烟,而火从来没有在潮湿的春天里自己醒来过。他注视着那烟散开并飘过隘口,随着它的远去渐渐变淡。这时,他闻到了肉味,于是他忘了那烟和他的画面。他拢起那些肉块,步履蹒跚地沿着断层,跟在珐和莉库的后面。鹿肉的重量,以及想到把所有这一切的食物带回到大家面前时他们所表现出的尊敬,让刚才那些烟的画面离开了他的脑海。珐沿着断层跑了回来。她从他的怀里拿下了一些肉块,然后,他们半爬半滑地走完了最后一个坡道。

烟从突岩的地方浓浓地升向天空,是蓝色的、火热的烟。老妪已经把火床加长了,这样在岩石和火焰之间就有了一囊袋温暖的空气。火堆发出的火焰以及升起的烟形成了一堵墙,打断了任何轻风想透进突岩的企图。马尔躺在位于这囊袋之中的地面上。他蜷缩着,棕色的火焰映照着他灰白的毛发,他双眼紧闭,嘴微张。他的喘息是如此急促、空洞,以至于他的胸部像心脏一样快速跳动着。他的骨头清晰地呈现,他的肌肤就像正在被火融化的脂肪。妮尔、小家伙,以及哈正准备起身到下面的树林里去,洛克出现了。他们边走边吃,哈还向洛克挥了一下手表示祝贺。老妪正站在火堆旁,在珐留下来的鹿胃里挑选着。

珐和洛克跳到下面的阶地上,直奔火堆而来。洛克在把鹿肉堆

放在散乱的岩石上的时候,隔着火堆大声地对马尔喊话:

"马尔!马尔!我们有肉了!"

马尔睁开眼睛,用一只胳膊撑起了自己。他透过火堆看着那晃晃悠悠的鹿胃,然后冲洛克艰难地咧开了嘴。接着,他转过身看着老妪。她冲他微微一笑,并用那只空闲的手拍打着大腿。

"这很好,马尔。那就是力量。"

莉库在她的身边上蹿下跳。

"我吃肉了。小欧阿也吃肉了。我把那些尖嘴鸟都吓跑了,马尔。"

马尔冲着他们咧嘴笑着,大口喘着气。

"于是不管怎样,马尔看到了一个好画面。"

洛克撕下一小块鹿肉,放在嘴里嚼着。他开始大笑起来,东倒西歪地沿着阶地走着,模仿着负载的样子,就像他前一天晚上已经模仿过的那次一样。他的嘴里塞满了食物,讲话含混不清:

"洛克看到了一个真正的画面。莉库和小欧阿的蜂蜜。还有大把大把的肉,是一只大猫杀死的。"

大家和他一起大笑起来,并拍打着大腿。马尔向后靠了靠,脸上的笑意渐渐隐去,他沉默不语,只是一个劲地快速喘气。珐和老妪把鹿肉分好类,把一些储存在岩石架上或者凹陷处。莉库又拿了一块鹿肝,围着火堆蹿来蹿去,然后挪进了马尔躺卧的那个囊袋。这时候,老妪轻轻地把鹿胃放在一块岩石上,松开扎口,然后开始在里面四下捅着。

"拿一些泥土来。"

珐和洛克穿过阶地的入口处,在那儿岩石和灌木形成了一个通往树林的斜坡。他们拔起几个带着泥巴的粗草块,带回来交给老妪。她拿起鹿胃,把它放在地上。她用一块扁平的石头铲起一些火

灰。洛克蹲在阶地上,正用一根树枝敲打着泥土。他一边干活,一边说道:

"哈和妮尔已经带回来了可用许多天的木头。珐和洛克已经带回来了可吃许多天的食物。用不了多久,温暖的日子就会来到这里。"

他把这些干燥的泥土收拢起来,珐从河里取来水浇湿它们,和成泥块,拿给老妪。老妪把湿泥糊在鹿胃周围。然后,她迅速地耙出火堆里最炽热的灰烬,并把它们堆在湿泥四周。滚烫的灰烬铺得厚厚的,热得上方的空气直哆嗦。珐拿回来更多的泥土和草皮。老妪把它们也堆起来,围在灰烬的四周,把灰烬关在里面。洛克停止工作,站起身来,看着下面的食物。他可以看到鹿胃翘起的开口处和糊着的泥巴,然后是草皮。珐把他往边上推了推,弯下腰,把手里捧着的水倒进开口处。老妪严苛地注视着珐跑来跑去。一次又一次,她从缓缓流淌的河水那里返回,直到鹿胃里的水和开口处齐平,那里浅浅的,盖满浮渣。一些小泡泡从浮渣中泛起、游荡,然后破裂。围住炽热灰烬的草皮上的草受热开始卷曲、萎缩,然后变黑、阴燃。几缕小火苗从泥巴里爆出,在四周的草上肆虐着,或变成一团团黄色的火球,从叶干到叶端,一边滚动一边吞噬。洛克向后退了退,抓起碎土块,撒在燃烧着的草皮上。他对老妪说:

"这样很容易把火给关住。那些火苗就不会爬出去了。这儿没什么东西可以给它们吃。"

老妪充满智慧地对他微微一笑,什么也没说,这让他感到自己很傻。他从鹿的一个松软的后腿上撕下一条肌肉,然后晃悠悠地走下阶地。太阳挂在群山之间的隘口上,他不假思索地让自己适应了这样一个事实:现在,一天的后半段正在到来。这一天的一部分已经如此迅速地过完了,他甚至感到已经失去了某种东西。他脑子里开始懵懵懂懂地形成一个画面，是他和珐不在的时候，突岩的画面。马尔和老妪等待着，她思忖着马尔的病情，马尔则一边喘气，一边等着哈带回木头、洛克带回食物。突然，他明白了，马尔其实一直都拿不准他们是否能找到食物。然而，马尔是有智慧的。尽管洛克一想到那鹿肉，就再次确认自己的重要性，但是感知到马尔当时并不确定这一点，还是让他如同突遭一阵冷风。接着，那感知——非常接近于思维——让他的脑袋感到疲倦，于是，他把它抛在一边，继续回到那个感到舒适和幸福的洛克身上，那个洛克自有智慧出众的长者吩咐他做事，并且呵护着他。他想起老妪，她是如此地接近欧阿，知道的事物多得无法形容，是他们的守门人，对她来说，所有秘密之门都是敞开的。

珐坐在火堆旁，在一根树枝上烤着碎肉片。树枝烧着了，碎肉片也烧起来，并掉到地上，她每次捡起肉来吃的时候，手指都会被烫一下。老妪用手捧着水，往马尔的脸上泼。莉库背靠着岩石坐在地上，小欧阿放在肩膀上。莉库现在吃得很慢，她的双腿在她的身前直直地伸展着，她的肚子圆滚滚的，很漂亮。老妪回来了，蹲在珐的身边，注视着从鹿胃的泡泡里升起的那一缕蒸汽。她抓起一块漂浮着的珍馐美味，在手里颠来颠去，然后抛进嘴里。

大家都很安静。生活很富足，不需要去更远的地方找食物，明天确保无忧，而再以后的一天是那么遥远，没有人会费神想它。生活就是饥饿被精巧地缓解。很快，马尔就可以吃一些软软的鹿脑了。那母鹿的力量和速度将会在他的体内生长。他们的脑海里都存在着这份礼物的神奇功效，所以，他们感到此刻无需语言。他们就这样陷入了一种默契的寂静中，要不是因为他们的肌肉还在有条不紊地运动着，这样的寂静也许会被误解为抽象的忧郁，那些肌肉的运动从他们的下巴处开始，一直往上，并且轻轻地移动着他们拱形脑袋两侧的卷毛。

莉库的脑袋点了一下,小欧阿从她的肩膀上滑下来。在鹿胃的开口处,小泡泡不断升起,忙个不停,它们滑到边缘的地方,然后,一朵蒸汽云冉冉升起,很快又被大火堆冒出的热气吸到一边。珐拿起一根树枝,放进这沸腾的杂烩里蘸了蘸,然后取出尝了尝。她转身看着老妪:

"快了。"

老妪也尝了尝。

"马尔必须要喝一些这里面的热水。水里面有来自肉的力量。"

珐看着那鹿胃,皱起眉头。她把她的右手平放在头顶上。

"我有一个画面。"

她快速爬到突岩外,用手向身后指着树林和大海的方向。

47

"我在海边,我有一个画面。这是一个画面的画面。我正在——"她敛眉蹙额,愁云密布——"思考。"她走回来,蹲在老妪身边。她的身子来回晃动了一会儿。老妪把她一只手的指关节搁在地面上,用另一只手挠嘴唇的下面。珐继续说道:"我有一个画面,是大家在海边清空贝壳。洛克正把一个贝壳里的坏水抖出去。"

洛克开始絮叨起来,不过珐制止了他。

"——还有莉库和妮尔——"她暂停下来,她的画面栩栩如生的细节让她深感困惑,不知道该如何提取出她感到蕴藏在其中的意义。洛克大笑起来。珐弹了一下他,就像弹一只苍蝇一样。

"——从一个贝壳里喝水。"

她满怀希望地看着老妪。她叹了口气,然后重新开始:

"莉库在树林里——"

洛克一边大笑,一边用手指向正靠在岩石上睡觉的莉库。珐这次伸手打了一下他,好像她的后背上正趴着一个小婴儿。

"这是一个画面。莉库正穿过那树林。她背着小欧阿——"

她眼神热切地盯着老妪。洛克发现她脸上的紧张不见了,明白了她们正在分享一个画面。画面也进入了他的脑海,贝壳、莉库、水,以及突岩毫无意义地混杂在一起。他说:

"山的边上没有贝壳。只有那些小蜗牛人的壳子。它们为他们提供了巢穴。"

老妪的身子向珐靠了过去。然后她又摇了回来,把双手都从地上抬了起来,放在她瘦得皮包骨的腿上。慢慢地,从容地,她的脸变成了另外一副模样——每当莉库晃荡到离色彩艳丽的毒莓太近的时候,她脸上就会突现这副模样。珐瘫倒在她的身前,并把两只手抬起放在她的脸上。老妪说话了:

"那是一个新东西。"

她离开了珐,珐俯下脸看着鹿胃,并用一根树枝搅动着。

老妪一只手放在马尔的脚上,轻轻地摇了摇。马尔睁开眼睛,但是没有动。在他嘴边的地面上,有一小摊沾着唾液的黑色泥土。太阳从隘口的背阴面斜射进突岩里,明亮地照在他的身上,影子一直从他躺卧的地方延伸到火堆的另一边。老妪把嘴贴近他的脑袋。

"吃,马尔。"

马尔用一只胳膊撑起身子,气喘吁吁。

"水!"

洛克跑到河边,双手捧着水回来,喂马尔喝了水。这时候,珐跪在另一边,让他靠在她身上,老妪则把一根树枝反复插进肉汤里,次数多得就是把这世界上所有的手指都加起来也不够数,接着再把树枝放到他的嘴里。他上气不接下气地喘着,几乎没有时间吞咽食物。最后,他脑袋左摇右摆,避开那树枝。洛克给他取来水。珐和老妪小心地让他侧躺着。他躲开了她们。他们可以看到他的心思是多么重、多么难以自拔。老妪立在火堆旁,看着地上的他。他们可以看到他的一些心事已经传到了她的身上,并像乌云一样布在她的脸上。突然,珐从他们身边跑了出去,直奔河边。洛克阅读着她的嘴唇。

"妮尔?"

他跟在她后面,走进傍晚的光线里。他俩一起沿着河流上方的悬崖向前眺望。不管是妮尔还是哈,都没有出现在视线中,而瀑布远处的树林已经开始变得黑暗了。

"他们抱的木头太多了。"

珐哼了一声,表示同意。

"可是他们会抱着大木头上斜坡的。哈有很多画面。抱着木头在悬崖上是很糟糕的。"

这时候,他们明白老妪正在看着他们,也明白她是唯一能够理解马尔的人。他们走了回来,一起分担她脸上的愁云。还是个孩子的莉库靠着岩石熟睡着,她圆滚滚的肚子在火光里变得红彤彤的。马尔连手指也没动一下,不过他的双眼依然是睁着的。突然,阳光平射了进来。从河水上方的悬崖那里传来扑通一声,接着是有人在那个角落里快速行进的声音。妮尔沿着阶地向他们飞奔过来,双手空空。她大叫了一声:

"哈在哪里?"

洛克张大嘴,傻傻地看着她。

"他和妮尔以及小家伙一起抱着木头。"

妮尔冲到他们面前,使劲地摇头。她全身颤抖着,尽管火堆离她站立的地方不到一臂的距离。她凝视着突岩里面,然后抓起一块鹿肉,开始撕扯。小家伙在她的毛发里醒过来,探出小脑袋。过了一会儿,她把肉从嘴里拿开,然后依次仔细地看着他们每一个人。

"哈在哪里?"

老妪把双手放在她的脑袋上,揣摩了一会儿这个新问题,然后放弃了。她蹲到鹿胃边,开始捞肉块。

"哈和你在一起搜集木头。"

妮尔变得狂暴起来。

"不!不!不!"

她蹦上蹦下,两个乳房弹起来,乳头上渗出乳汁。小家伙嗅到了,从她的肩膀上翻过来。她用双手凶狠地搂着他,以至于他叫唤了几声后才得以吮吸乳汁。她蜷伏在岩石上,用双眼迫切地把他们召集在一起。

"瞧这幅画面。我们把木头堆成一个小堆。就在那棵死掉的大树那里。在开阔空间里。我们谈起了珐和洛克带回去的那头母鹿。我们一起大声笑着。"

她看向火堆对面,伸出了一只手。

"马尔!"

他转过眼睛看着她。继续气喘吁吁。妮尔也看着他,与此同时,小家伙吮吸着她的乳房,她身后的阳光离开了水面。

"然后,哈走到河边去喝水,而我则待在木堆旁。"她看起来就像不久前的珐一样,那时珐的画面里的细节太多了,她无法驾驭,"还有,他去方便了。我待在木堆旁。但是他大喊起来:'妮尔!'当我站起身"——她模仿着——"我看到哈向悬崖上奔去。他在追逐着什么东西。他向后看了看,他很高兴,他很害怕也很高兴——就那样!然后我就再也看不到他了。"他们顺着她凝视的方向看着一处悬崖,再也看不到他了。"我等啊等。然后我就跑去悬崖那里找哈,再回来看木堆。悬崖上没有了太阳。"

她耸起周身的毛发,龇着牙。

"那悬崖上有一个味道。两个。哈和另一个。不是洛克。不是珐。不是莉库。不是马尔。不是她。不是妮尔。有一个味道,谁的也不是。上了那悬崖又返了回来。可是哈的味道消失了。有一个哈在太阳下落时上到过野尾草上面的悬崖,然后就什么也没有了。"

老妪开始把草皮从鹿胃周围扒开。她转过头说道:

"那是梦里的一个画面。没有其他人。"

妮尔又痛苦地开始了:

"不是洛克。不是马尔——"她继续在岩石上嗅着,当发现自己离通往那悬崖的角落太近的时候,便匆忙返了回来,"哈的气味就结束在那里。马尔——!"

其他人严肃地考量着这个画面。老妪打开了那蒸汽腾腾的袋子。妮尔跳过火堆,跪在马尔身边。她摸了摸他的脸颊。

"马尔!你听到了吗?"

"我听到了。"

马尔在喘气的间歇回答。

老妪拿起一块肉递给妮尔,她接过去但没有吃。她在等马尔再次说话,但老妪代他开口了:

"马尔病得很厉害。哈有许多画面。现在吃吧,并且开心点。"

妮尔十分凶狠地冲着她尖叫,其他人也都停住不吃了。

"哈没有了。哈的气味结束了。"

有那么一会儿,所有人都一动不动。大家转过头,向下看着马尔。费了好大劲,他才支起身体,用两条腿平衡着自己。老妪张开嘴刚准备说话,但随即又闭上了。马尔把双手平放在头顶上,这让他的身体更难以维持平衡。他开始摇晃起来。

"哈去了悬崖。"

他又开始咳嗽,失去了他刚吸进去的所有空气。他们等待着,渐渐地,他喘气的快速节奏趋于平缓。

"有另一个人的气味。"

他用双手撑着趴了下来。他的身体开始发抖。一只脚伸出去,脚跟让他稳住不摔倒。其他人等着,晚霞和火光把他们映成红色,肉汤中升起的蒸汽随着浓烈的味道一起,隐藏到黑暗中去。

"有一些其他人的气味。"

一时间他屏住呼吸。接着,他们看到他身体上那些衰残的肌肉放松下来,他向边上倒去,似乎根本不在乎会撞到地面。他们看到他低声说话:

"我看不到这个画面。"

甚至洛克也安静了下来。老妪到凹陷处拿木头,她仿佛是在睡眠中行走。她做事情全凭触觉,而双眼则越过大家看向远方。因为看不到她的所见之物,他们只能一动不动地站立着,杂乱无序地沉思着一个哈不在其中的画面。但是,哈仍和他们在一起。他们熟知他的每一寸身体、他的表情、独特的气味,以及他睿智而安静的脸。他的荆棘条就靠在那块岩石上,手柄的部分已经被他热乎乎的抓握磨得如水般光滑。他习惯待的那块岩石在等着他,就在他们面前的地上有他身体磨蹭出的痕迹。所有这一切都汇聚在洛克的脑海里。它们让他心潮澎湃,赋予了他力量,似乎他可以用意念把哈从空气中带到他们面前。

突然,妮尔说话了:

"哈已经走了。"

四

洛克惊骇万分,注视着从她双眼里涌出的水。水在她眼窝的边缘逗留了一会儿,然后大滴大滴地落到她的嘴上和小家伙身上。她向下奔到河边,冲着夜色号叫。他也看到琺眼中的水滴在火光中闪动,然后,她跑去陪伴妮尔,也冲着河水号叫起来。哈依然还存在的感觉——许多证据可以表明——在洛克心里变得如此强烈,让他情难自控。他跑出去,抓住妮尔的手腕,把她转了过来。

"不!"

她紧紧抱着小家伙,抱得如此凶狠,小家伙不禁呜咽起来。那水依然从她的脸上往下滴。她闭起双眼,张开嘴,再次号叫起来,声音高亢而绵长。洛克愤怒地摇晃着她。

"哈没有走!瞧——"

他跑回到突岩里,用手指着那根荆棘条、那块岩石,还有泥地上的印迹。哈无处不在。洛克冲着老妪絮叨起来:

"我有一个哈的画面。我会找到他的。哈怎么可能会遇到另一个人?这世上根本就没有其他人——"

琺开始急切地说起话来。妮尔一边大声地抽泣,一边听着。

"假如有另一个人,那么哈就是和他一起走了。让洛克和琺去——"

老妪做出一个手势,制止了她。

"马尔病得很重,而哈又走了。"她依次看着他们每一个人,"现在只剩下洛克了。"

"我会找到他的。"

"——而且,洛克有很多话,但是没有画面。马尔已经没有希望了。所以让我说吧。"

她在那蒸汽腾腾的袋子边上郑重其事地蹲下来。洛克捕捉到了她的目光,于是,从他的脑海里传出了一些画面。老妪开始讲话,语气里透着权威,就像马尔会做的那样,要是他没有生病的话。

"如果得不到帮助,马尔会死的。珐必须带上一件礼物去见冰姬们,并且为他向欧阿祈福。"

珐蹲到她的身边。

"这会是什么样的其他人?一个死去的人还活着吗?是不是一个来自欧阿肚子里的人,就像我那死在海边巢穴里的婴儿?"

妮尔又抽泣起来。

"让洛克去找他。"

老妪斥住了她。

"一个女的去找欧阿,一个男的讲讲他脑子里的那些画面。让洛克说话。"

洛克发现自己傻傻地大笑了起来。他现在处在队伍的领头位置,而不是和莉库一起幸福地嬉嬉闹闹着跟随在队尾。三个女人的注意力敲打着他。他低下脑袋看着地面,用一只脚挠着另一只。他拖着脚在地上转圈,直到背对她们。

"说话,洛克!"

他试图让两只眼睛盯住阴影里的某个点,阴影会分散他的注意力,让他忘记眼下一切。似见未见中,他的目光瞥见那斜靠在岩石上的荆棘条。就在那一瞬间,哈身上的"哈气"就在这突岩里,同他待在一起。他的心里充满了无比的激动。他开始絮叨起来:

"哈的眼睛下面被火棍烫了,留下一个疤。他闻起来——是这样!他开口说话。在他的大脚趾上有一小撮毛——"

他蹦蹦跳跳地转着圈。

"哈已经发现了那另一个人。瞧！哈从悬崖上摔了下去——就是这个画面。接着那另一个人跑过来。他大声对马尔喊道：'哈掉进了水里！'"

珐紧紧盯着他的面庞。

"那个另外一个人没有来过。"

老妪抓住了她的手腕。

"那么哈就没有摔下去。快点去，洛克。找到哈和那另一个人。"

珐皱起了眉头。

"那另一个人认识马尔吗?"

洛克再次大笑起来。

"所有人都认识马尔！"

珐快速冲他做了个手势，命令他安静下来。她把手指放在上下齿间，紧紧扳住它们。妮尔看看这个，又看看那个，不明白他们在说什么。珐突然把手指从嘴里抽出，其中一根指向老妪的脸庞。

"这儿有一个画面。有一个人是——其他人。不是我们中的一个。他对哈说：'来吧！我有食物，多得我都吃不完。'然后哈说——"

她的声音越来越小。妮尔开始呜咽起来。

"哈在哪里?"

老妪回答了她。

"他已经和那个其他人走了。"

洛克抓住妮尔，摇了摇她。

"他们交谈了几句或分享了一个画面。哈会告诉我们的，我现在就去追赶他。"他看看四周的人，"大家能够相互理解的。"

他们思考了一下这句话，然后晃动着脑袋，表示同意。

莉库醒来,微笑着看向周围的人。老妪开始忙碌起来。她和珐在一起喃喃低语,她们比较了几块鹿肉,掂量了几根鹿骨,然后,回到鹿胃边争论起来。妮尔坐在边上,泪水涟涟,执着地吃着肉,动作机械,无精打采。小家伙慢慢爬过她的肩膀。他先平衡了一会儿,再看了看那火堆,然后把自己插进她的毛发下面。老妪偷偷地看着洛克,他脑袋里的那个哈和另外一人混在一起的画面传了过来。他单脚站着,接着换另一只。莉库走到鹿胃边上,手指被烫了一下。老妪继续看洛克。终于,妮尔抽泣着对他说:

"你有哈的画面吗?一个真实的画面?"

老妪捡起他的荆棘条递给他。她的身上混合了火光和月色。于是,洛克的双脚带着他走出了突岩。

"我有一个真实的画面。"

珐从鹿胃里迅速取了些食物递他,食物太烫了,他不得不在手里抛来抛去。他满怀疑虑地看了看他们,然后晃晃悠悠地走到角落里。没有了火光,一切都呈现黑色和银色:黑色的小岛、岩石和树木在天空下面清明地勾勒出自身,银色的河水,闪着波光,沿着瀑布的下缘,来回荡漾。就在那一瞬间,夜晚是那样孤独,而哈的画面也不再进入他的脑海。他瞥了一眼突岩,想要找回那个画面。那是悬崖里的一处闪着光的空洞,位于阶地的顶端,底部有一条弯曲的黑线,在那里地面升起,遮住了火堆。他可以看到珐和老妪蹲在一起,她们中间有一堆肉。他侧着身走出了角落,消失在视线中,隆隆的瀑布声更加响亮,迎接着他。他把他的荆棘条放在地上,蹲下来吃他的食物。肉很嫩、很热、很好。他不再感到饥肠辘辘时那种绝望的疼痛,现在只有热情,所以食物变成了享受,而不是囫囵吞下。他把肉贴近自己的脸,仔细查看其苍白的表面,那上面的月光比水面上的更加平滑。他忘记了突岩,也忘记了哈。他变成了洛克的肚子。此刻,他坐在声如奔雷的瀑布上方,眼前溪流穿梭的树林在微光中展开,而他的脸上闪烁着油光和静谧的幸福。今天晚上比昨天晚上要冷一些,虽然他并没有刻意比较。在皎洁月色的照耀下,瀑布的水雾中,发出一束好像钻石闪耀的光线,看上去很像冰凌。风已经静灭了,唯一在移动的就是那些悬挂着的蕨类植物了,它们被流水不断拖拽着。他注视着小岛,目光却并没有看到,他全然关注着他舌尖上的美味、大快朵颐时的吞咽声,还有他皮肤绷紧的感觉。

终于,鹿肉吃完了。他用双手洗了洗脸,用荆棘条上的一个尖刺剔了剔牙。他又想起了哈,还有突岩和老妪,于是,他迅速地站起身。他又开始自觉地使用他的鼻子,他向两边蜷伏下身子,嗅闻着岩石。气味很复杂,他的鼻子似乎不太灵光了。他知道为什么会那样,于是他趴低身子,垂下脑袋,直到感觉水已经到了嘴边。他喝了水,又清理了嘴。他重新攀了回去,蜷伏在一块磨损了的岩石上。雨水已经使它变得光滑,但是角落里的近道,无数次地被人走过,已经磨损了不少。他在瀑布怪兽般的吼叫中站立了一会儿,把注意力都放在鼻子上。气味是在空间和时间里的布局。就在此地,他肩膀边上,是昨天妮尔手放在这岩石上的新鲜气味。在其之下,一组气味相伴在一起,有人们昨天经过这里时留下的气味,有汗水和乳汁的气味,还有痛苦着的马尔所发出的酸臭味。洛克辨识着这些气味,把它们一一排除,然后,他停留在哈最后发出的气味上。每一种气味都伴随着一个画面,比记忆更栩栩如生,是一种活生生的但有所保留的存在,就这样哈又重新活了过来。他把哈的画面安放在他的大脑里,意图让它保留在那儿,那样他就不会忘记了。

他屈膝站立着,手里紧握着他的荆棘条。然后,他慢慢地举起了它,用两只手抓着。手关节都发白了,他随后警惕地向后面退了一步。这里还有其他某种东西。当把所有人都放在一起考虑的时候,就觉察不到这种东西,但是把大家都辨别出、排除后,它依然存在着,一种没有画面的气味。既然他注意到了,它便在角落边变得浓烈起来。有人曾经站在这儿,他的手放在岩石上,身子前倾,目光盯着阶地的周围还有突岩。无须思索,洛克明白了妮尔脸上那种漠然的惊诧。他开始沿着悬崖向前移动,一开始慢慢地,接着奔跑起来,双脚如飞踏过岩石表面。他一边跑,脑子里一边闪过一组混乱的画面:一会儿是妮尔,困惑不解、惊恐万分,一会儿是那另一个人,一会儿是哈赶了过来,飞速移动着。

洛克转过身,向回跑去。在哈莫名其妙摔落下去的平台上,他的气味断绝了,就好像悬崖在此处结束。

洛克身子往外探,向下面看去。他可以看到那些野尾草在河水的光辉里摇曳着。他感到哀鸣的声音即将冲出他的喉咙,于是他抬手捂住了嘴。野尾草继续摇曳着,河水沿着小岛那黑色的岛岸卷起一层扭曲了的银色波涛。他的脑海里涌入一个画面:哈在水中挣扎着,被水流冲向大海。洛克开始沿着那块岩石追寻,循着哈和那另一个人的气味,来到下面的树林。他走过灌木丛,就是在那里哈曾经为莉库找到了野莓,枯萎了的野莓,而他依然在那儿,被灌木丛缠住了。他的手掌曾经拉拽着那些树枝,让野莓落下来。他活在洛克的脑海里,但是只能追溯,穿越时间来到从大海流出的泉水。洛克跳下岩石间的斜坡,来到树下。月光在河水上十分明亮地闪烁着,而在这里它被高而无声的枝丫阻断了。树干制造出一块块巨大的黑暗,洛克穿梭于其中,月亮在他身上洒下一网亮色。在这儿,哈待过,激动过。从这儿,哈去往了河边。那儿,在那被遗弃的木堆边上有一块地,妮尔曾经耐心地等待在那里,她的双脚踩出了印迹,在一片斑驳的光影里,那些印迹现在已经变得黝黑。在这里,她跟随着哈,困惑过,焦虑过。交杂在一起的两条踪迹朝着悬崖的岩石延伸上去。

洛克记起了河里的哈。他开始跑了起来，身子尽量地靠近着河岸。他来到那棵死树所在的开阔地上，然后向下方的水面跑去。灌木长出水面，又垂下来。沿河的树枝梳理着夜色中的月光，河水清晰可见。洛克开始大叫起来：

"哈！你在哪里？"

河水没有回答。洛克再次呼喊，然后等着，哈的画面渐渐模糊，最终消失不见了。他明白，哈已经走了。这时候，从小岛上传来一声叫喊。洛克跟着大叫起来，并开始上蹿下跳。但是，很快，他就感到这其中并没有哈的叫喊声。这是一个不同的声音；不是他们大家的声音。这是其他人的声音。突然，他激动起来。他应该见一见这个他鼻嗅耳闻的人，这一点重要得令人抓狂。他在开阔地里一边毫无目的地转着圈跑，一边声嘶力竭地大叫着。这时候，从那潮湿地的方向传来其他人的味道，于是，他循着它离开了河边，朝着斜坡，往山上走去。他紧跟着它，它行踪曲折，在月光下忽隐忽现。那味道蜿蜒着离开了树木之下的河水，来到杂乱无章的岩石上和灌木丛里。这里，有潜在的危险，或许有大猫或者狼，甚至有大狐狸，它们就像洛克一样浑身都是红色的，开春后的辘辘饥肠使它们变得凶残。但是，其他人的踪迹非常简单，甚至都没有和一只动物的踪迹交叉在一起。它避开了通往突岩的那条路，宁愿选择走小沟底部，而不是边上陡峭一些的岩石。那个其他人不时地停下脚步，停的时间长得无法测算，然后他的双脚转了回去。一旦道路平滑而陡峭，那个其他人就向后倒退，退的步数比一只手上的手指还要多。然后他又再次转过身，开始沿着小沟向上飞奔，他的双脚把泥土踢起，或者说，在它们落下的地方泥土被带翻。他再次停下，爬上小沟的侧边，在开口处躺了一会儿。洛克的脑子里建立起了那个人的画面，不是通过理性推导,而是所到之处,那气味都对他说——做这件事!就像一只大猫能在他脑子里唤起一个猫式鬼鬼祟祟的隐匿和猫式咆哮;就像马尔步履蹒跚上斜坡的景象会让大家模仿,所以现在的气味让洛克进入了那个走在他前面的人的身体里。他渐渐开始了解那个其他人,虽然他并不理解他究竟是为何能够了解的。洛克——其他人蹲在瀑布边,凝视着对面大山上的岩石。他身体前冲,飞奔起来,双腿和后背都是弯曲的。他飞身投进一块岩石的阴影里,咆哮着,等待着。他谨慎地向前移动,俯下身子,双手和膝盖着地,向前缓缓爬行,目光越过瀑布的边缘,看着那流淌着河水的隘口。

他看着下面的突岩。它上方的岩石往外突出,所以里面的人他一个也看不到;不过岩石下面那红润的光线向外洒出了一个半圆,在阶地上舞动着,并向前延伸,渐渐变淡,直至和月色相融。一阵轻烟袅袅直上,穿过隘口,飘散无踪。洛克——其他人顺着岩架一点一点往下爬,接近突岩时,爬得更慢了,几乎把身子都平贴在了岩石上。他蹭着身子前行,然后探出头,向下看去。霎时间,火堆喷出的火舌让他一阵晕眩;他现在又是洛克了,在家里同大家在一起,而那个其他人不见了。洛克待在他趴着的地方,漠然地看着土地和石头,以及那稳妥舒适的阶地。珐就在他的下方说着话。说的是一些奇怪的话语,他听得毫无头绪。珐现身了,怀里抱着一捆东西,沿着阶地快步地向下走到一条路上,洛克晕头转向,隐约着觉得那条路是通往冰姬们的。老妪走了出来,目光追随着她,然后转过身,走到岩石下面去了。洛克听到木头噼啪作响,点点火星像一阵雨似的从他面前飘过。阶地上,火光铺得更宽广了,并且舞动起来。

洛克向后坐了起来,然后慢慢起身。他脑子里空空如也。他没有画面。珐已经离开了平整的岩石和土地,开始向上攀爬。老妪走出突岩，奔向河边，回来时双手捧着水。她离得如此之近，洛克甚至可以看到从她指间漏下的水滴，以及在她双眼里闪烁着的两团一模一样的火焰。她从岩石下面通过，他知道她没有看到他。就在那个瞬间，洛克惊恐万分，因为她没有看到他。老妪知道的事非常之多，然而，她却没有看到他。他已经被割离出去，不再是大家中的一员了，仿佛他同那个其他人的交流已经改变了他，因而他与他们不再相同，他们看不到他了。他没法用语言来明确地表达这些想法，但是他感到他的与众不同和不可见性就如同一阵从他肌肤上吹拂而过的冷风。那个其他人已经用力地拉了拉把他和琭、马尔还有莉库，以及另外的人捆绑在一起的纽带。这些纽带不是生命的装饰物，而是生命的实质。如果它们断裂了，一个人就会死去。就在那一刹那，他饥渴地盼望着大家的目光可以捕捉到他，认出他来。他转身沿着岩架向突岩往下爬，但是其他人的气味又出现了。它不再邪恶地霸占洛克，它的陌生和力量吸引着他。他循着这气味——它散布在阶地之上的岩架上——直到它通向了阶地被水淹没的地方，在那里，通向冰姬们的道路就在他的上方。

　　小岛上掉落的岩石被水冲到这里，阻断了水流，其长度也就几个人加在一起。那气味走进了水里，洛克便追了进去。他站立着，面对着水的孤寂，身体微微颤抖，同时眼睛看着近旁的岩石。一个画面开始在他的脑海里形成，是关于跳跃的画面，跳跃消除了距离，那个其他人站在岩石上，一跳接着一跳，越过了致命的流水，去到了那黑暗的小岛。月光在岩石的四周闪着光芒，勾勒出它们的轮廓。正当他注目观察时，远处的一块岩石开始变化形状。在它的一边，有一小块地方延长了，又迅速消失不见。然后，岩石的顶部鼓了起来，隆起的地方从底部慢慢变小，然后又延长开去，高度降低了一半。接着它就不见了。

洛克站立着,让各种画面在他的脑海里穿梭往复。其中一个是一头穴熊的画面,他曾经看到过它从岩石后竖起身子,并且听到过它像大海一样的咆哮声。除此之外,洛克并不知道更多有关那头熊的事情,因为在那熊咆哮过后,大家差不多整整跑了一天。眼前的这个东西,这个黑乎乎的变化着的形体,有几分相似于那头熊缓慢移动的样子。他眯缝起眼睛,盯着那块岩石,看它会不会再次变化。在小岛上,有一棵山毛榉,比其他树都要高,独自出挑地映衬着月色渲染的天空。它的根部非常粗壮,粗壮得不合时宜,在洛克看来,非常不可思议。一团黑色看起来凝固在树干的四周,好像一根树棍上的一滴血。它变长,又加浓,再变长。它带着懒洋洋的从容慢慢地向山毛榉上部移动,悬挂在小岛和瀑布上方的空气里。它悄然无声,最后一动不动地悬挂着。洛克声嘶力竭地大叫起来;但是,要么是那生物耳聋,要么是那沉闷的瀑布消弭了他的声音。

"哈在哪里?"

那生物没有回答。一阵微风吹过隘口,那山毛榉的树梢摇摆起来,它的树弧因贴附其上的黑色重量而变得宽广稳重。洛克身上的毛发竖立起来,在山腰那里感到的一丝不安又回到了身上。他感到有保护大家的需要,然而,一想起老妪并没有看到他,就不想靠近突岩。他待在原地,那团黑色东西荡下了山毛榉,消失在小岛上来源不明的阴影之中。接着,那团东西又出现了,在最远端的岩石那里变化着形状。洛克万分惊恐,在月色中,向大山的一侧爬去。在脑子有清晰的画面之前,他就这样一直爬行在那条暗示着珐曾经走过的小径上。当他攀到隘口流水之上一树高的时候,他停下来,向下看去。他看到那生物在从一块岩石跳到另一块上的瞬间。洛克浑身颤抖,鼓起劲头继续攀爬。

这块岩石没有向后倾斜;它向上延伸,在陡峭的地方,变得更加险峻。洛克来到悬崖里的一处类似裂口的地方，水从里面流出，他向下滑行，然后钻进隘口。水是如此寒冷，一滴溅到脸上，就好像被咬了一口。他在岩石上嗅到了珐和鹿肉的味道，于是，他爬进裂口。这里直接通往上面，头顶上是一隙月色笼罩的天空。岩石因为有水变得非常光滑，一直努力地要把他甩掉。珐的气味引导着他向上。他终于爬到了顶端，裂口已变成一条宽宽的水沟，似乎直接通向大山。他往下看去，河水在隘口流成窄窄的一条，一切都变了模样。他比以前任何时候都想要珐，于是他跳入溪谷。在他身后，隘口的对面，群山是一个个冰角，闪闪发光。他可以听到珐就在他的近前，于是便大叫起来。她折回来，迅速走到那溪谷里，在石头上跳跃着，石头下面的水哗哗作响。圆石上，她双脚的摩擦声，以及从悬崖上反弹回来的声响，听起来似乎像是一群人。她走近他的身旁，脸抽搐着，满是愤怒和惊恐。

"别出声！"

洛克没有听见，还在喋喋不休。

"我见到了那个其他人。哈掉进了河里。那个其他人来过，并且观察过突岩。"

珐抓住他的胳膊。那包东西被她紧紧搂在怀里。

"别出声！欧阿会让那些冰姬听到的，然后她们就会落下来。"

"让我和你待在一起！"

"你是男人。这里很恐怖。快回去！"

"我不看也不听。我就待在你的身后。让我一起吧。"

瀑布的轰鸣声已经减弱成了一声低吟，就像遥远的大海在恶劣的天气里发出的声响。他们的话语就像一群盘旋着的、数量神秘翻倍着的飞鸟一样已经飞走了。深深的溪谷两旁的悬崖在唱着歌。珐用一只手捂住他的嘴，然后，他们就这样站着，那些飞鸟飞得越来越远,最后除了他们脚边的流水和瀑布的低吟外,再也没有了别的声响。珐转过身,开始顺着溪谷攀爬,洛克加快脚步,紧跟其后。她停下来,凶狠地挥手示意他往回走,但是,当她回身继续前行的时候,他还是跟在后面。珐再次停下,然后在绝壁间往返跑动,用嘴冲着洛克做出各种无声的警示,并龇出了牙齿,但是他就是不愿离开她。回去的路通往洛克与其他人,刚经历过的孤独无法言说。最终她放弃了,只得无视他的存在。她放轻脚步往溪谷的上面走去,洛克跟在她的身后,他的牙齿因为寒冷而咯咯作响。

他们终于来到这里,脚边不再是流水了,而是大块大块的凝结在一起的冰凌,牢牢地吸附在悬崖上;在每一个未经太阳照射的石头下面,都有一层白雪。他又回忆起冬季里所有的痛苦以及冰姬们的恐怖,他紧紧跟着珐,仿佛她是一团温暖的火。头顶的天空只有窄窄一条,一条冰冻的天空,随处点缀着星星,片片云彩如同笔画勾勒其中,月光隐身其后。他看到冰像藤蔓一样攀附在溪谷两边,底部很是宽广,然后向上分叉成千条枝干,卷须和叶子发出闪闪白光。他的双脚下也有冰,它们被冻得刺痛,然后麻木了。他开始手脚并用,双手也像双脚一样变得麻木。珐的臀部在他前面一摇一摆,他跟在后面。溪谷渐渐变宽,更多的光线洒落进来。此时,他们正面对着岩石上最为陡峭的壁面。在其左下方,有一线深浓的黑色。珐向这条线爬过去,然后消失在其中。洛克跟在她身后。他来到了一个入口处,那里非常狭窄,撑开胳膊肘就可以碰触到两壁。他走了过去。一阵强光袭来。他迅速弯下身,抬手捂住眼睛。过了一会儿,他一边眨巴着眼睛,一边向下看去,那里是闪闪发光的石头、冰块,以及深蓝色的阴影。他看到珐的双脚走在他的前面,已经变白,覆盖了一层亮晶晶的东西,她的身影在那些冰块和石头之上变化着形状。他向前方平视,看到他们呼出的气雾萦绕在周围,就像瀑布的水雾一样。他待在原处,珐的身影在雾气中变得隐隐约约。

这里面积巨大,一片开阔。它四面环绕着岩石,到处都是些冰冻的藤蔓植物,向上伸出,延展在他头顶之上,高高地铺满岩石。一旦接触到圣所的地面,它们就鼓胀起来,直到变得像老橡树的树干一样。它们高高的枝干消失在冰窟里。洛克向后站起身,抬头看着珐,她已经到了更高的地方,朝圣所的另一边走去。她蜷伏在石头上,把那包鹿肉高高举起。此时,周围一片寂静,甚至连瀑布的声音也没有了。

珠念念有词,声音只比窃窃私语稍大一点。最初,他可以听到一些个别的词语,诸如"欧阿"和"马尔":但是四面的岩壁阻拒了这些词,于是它们被反弹回来,然后又被扔出去。"欧阿。"岩壁以及巨大的藤蔓这样说,然后洛克身后的岩壁唱道:"欧阿欧阿欧阿。"它们不是说出单独的词,而是同时唱出"欧"和"阿"。这声音像水在潮汐池中涨起,然后平静下来,变成一串不绝于耳的"阿",敲打着他,淹没了他。"生病,生病。"圣所尽头的岩壁这样说,"马尔。"他身后的岩石这样说,而空气中则继续回荡着冗长的不断涨起的"欧阿"声。毛发在他的皮肤上竖了起来。他嘴唇做出姿态,仿佛要说"欧阿"。他抬头看向冰姬。那些藤蔓的枝干所通往的巢穴就是她们的下体。她们的大腿和肚子从上方的悬崖里长出。她们悬置着,使得天空比圣所的地面还要小一些。她们身体连着身体,前倾着,拱在上方,尖尖的脑袋在月光中晶莹闪烁。他看到她们的下体就像巢穴一样呈现蓝色,非常恐怖。她们从岩石上剥离出来,藤蔓就是她们的水,从岩石和冰块之间渗下来。这一池的声音已经升到她们膝盖的地方了。

"阿阿阿阿,"悬崖这样唱道,"阿阿阿阿——"

洛克面朝冰块躺在地上。尽管他的毛发上已结有一层霜冻,汗水还是从皮肤里冒了出来。他可以感觉到峡谷在向两边移动。珐过来摇晃他的胳膊。

"走吧!"

他的肚子感觉像是吃过一些草,将会生病的样子。他什么也看不到,在黑暗的虚空里,只有那无情而执着的绿色光线在穿梭流转。圣所里的声音已经进入了他的脑袋,并在那里驻留下来,就好像大海的声音装在了贝壳里。珐的嘴唇贴在他的耳边低语道:

"在她们看到你之前快走。"

他想起了那些冰姬。他双眼看着地面,以防看到那可怕的光,然后,他开始爬动。他的身体已经僵住了,几乎无法工作,只能磕磕绊绊地跟在珐的身后。他们穿过岩壁上的缝隙,隘口已被重新布局,眼前是向前下方延伸的溪谷和另一个缝隙。他飞奔着超过了珐,呼啸着向下面跑去。他跌倒、翻滚、踉跄,在白雪和石头之间笨拙地跳跃。然后,他停下来,很是虚弱,浑身颤抖,像妮尔一样呻吟着。珐来到他的身边,伸出一只手搂住他。他前倾身体,向下看着隘口里线条一样的流水。珐轻柔地在他耳边说:

"对一个男人来说,太多的欧阿了。"

他转向她,把脑袋埋在她的两个乳房中间。

"我害怕。"

有那么一阵子,他们都静默着。但是体内的寒冷侵袭着他们,他们战栗着分了开来。

虽然少了一些恐慌,但是寒冷还是让他们备受摧残,就这样,他们开始摸索着爬下越来越陡峭的斜坡,在那里瀑布提高了声音与他们相会。这带给了洛克突岩的种种画面。他开始向珐解释。

"那个其他人在小岛上。他是个威猛的跳跃者。他在大山上。他来过我们的突岩并且向下看过。"

"哈在哪里？"

"他掉进水里了。"

她在身后留下一团呼出的云雾，然后，他在其中听到了她的声音。

"没有人掉进水里。哈在小岛上。"

她沉默了一会儿。洛克尽自己最大可能想象哈跳过隘口到达那块岩石上的样子。可他看不到这个画面。珐又开口了。

"那个其他人一定是个女人。"

"他闻起来是个男人。"

"那么一定还有另一个女人。难道一个男人能从男人的肚子里出来吗？也许有一个女人，然后又一个女人，再然后又一个女人。全靠她自己。"

洛克琢磨着这句话。只要哪里有女人，哪里就有生命。但是男人除了嗅嗅气味想想画面，还有什么用处？确认了自己的谦卑，他就不想告诉珐他见到过那个其他人，或者他看到老妪并且知道自己是隐而不见的。很快，甚至连这些画面和说话的想法都从他的脑袋里走掉了，此时，他们已经到达了小径的垂直部分。他们默默地往下攀爬，轰鸣的水声扑耳而来。只有当他们踏上阶地，并且快步走向突岩的时候，他才想起他原本是要去找到哈的，但是现在他却没有带上他，自己就回来了。似乎那圣所的恐怖如影随形般地追赶着他们，这两人突然奔跑起来。

但是，马尔不是他们期待的那个新人。他颓然地瘫倒在地，呼吸是如此之浅，以至于他的胸脯几乎动也不动。他们可以看到他的脸色像橄榄一样黑，上面汗光闪闪。老妪一直让火堆烧得旺旺的，而莉库已经移到了圈外。她正吃着鹿肝，吃得很慢，神情严肃，一边还注视着马尔。两个女人蜷伏着，分别在他的两侧，妮尔弯着腰，用她的毛发拂去他额头上的汗水。在突岩的内里,似乎没有空间可以容纳洛克关于那个其他人的消息。当妮尔听到他们的声音时,她抬起了头,看到他们中没有哈,于是便又俯下身去擦干老翁的额头。老妪拍了拍他的肩膀。

"好起来,强壮起来,老翁。珐已经为你给欧阿献了一份祭礼。"

听到这话,洛克想起了他在那些冰姬下面时感到的恐惧。他张开嘴准备絮叨一下,但是珐已经分享了他的画面,并用她的手捏住了他的上下嘴唇。老妪并没有注意到这些。她从那蒸汽腾腾的袋子里又拿出一小片肉。

"坐起来吃吧。"

洛克对他说:

"哈走了。这世界上还有其他的人。"

妮尔站起身,洛克明白她这是准备要哀鸣,但是,老妪说话了,就像珐说过的那样。

"别出声!"

她和珐小心地把马尔托了起来,让他靠在她们的怀里保持坐姿,他的脑袋在珐的乳房上滚来滚去。老妪把那小肉片放在他的两片嘴唇中间,但是它们又把它给嘟哝了出来。他在说话。

"不要打开我的脑袋和我的骨头。你们只能品尝到软弱无力。"

洛克抬眼扫视周围的每一个女人,他的嘴张开着,从里面传出一声难以自制的大笑。然后,他对马尔絮叨起来。

"但是,这里有其他人,而哈已经走了。"

老妪抬起头。

"取些水来。"

洛克跑到河边,用双手捧着水回来。他把水慢慢地滴在马尔的脸上。小家伙出现了,他在妮尔的肩膀上打着哈欠,然后爬了过来,又开始吮吸。他们看到马尔又要试图说话。

"把我放在火堆旁边温暖的地面上。"

在瀑布的喧嚣中,一阵深沉的静默降临了。甚至连莉库都停下吃东西,站起身凝视着。女人们一动不动,眼睛都盯在马尔的脸上。静默充塞着洛克,然后,它化为他双眼里突然噙满的泪水。这时候,珐和老妪温柔地把马尔侧过来放在地上,把他瘦骨嶙峋的巨大膝盖推到他的胸部,收起他的双脚,把他的脑袋从地上托起,把他的双手垫在下面。马尔离火堆很近,他的双眼看向火焰的深处。他额头上的毛发开始卷曲起来,不过他似乎并没有加以注意。老妪拿起一块木头碎片,在地上绕着他的身体画了一条线。然后,她们把他抬到线的一侧,她们依然是那样地庄严静默。

老妪挑选了一块扁平的石头,递给洛克。

"挖!"

月亮穿过隘口太阳下落的那一侧,但是它的光芒在地面上几乎觉察不到,因为此时火光红润,熠熠生辉。莉库又开始吃起来。她悄悄地在成人的后面转圈,然后靠着突岩后部的一块岩石坐了下来。地面很硬,洛克不得不借用身体的力量才能移动分毫。老妪从母鹿的肉中取出一块锋利的碎骨头,交给了他,用这个掘开地表要容易得多。再往下,土壤就会软一些。顶层的土壤像石板一样被掀起之后,下方的土手到即碎,可以用石头刮出来。他继续干着,天上的月影在移动。这时候,他脑子里出现了一个画面,是一个年轻得多,也强壮得多的马尔在做这件事,不过是在炉膛的另一边。炉膛里的黏土在他正在挖掘的这个不规则形状地洞的一侧,堆起了一个越鼓越高的圆堆。很快他就挖到下一层的炉膛,然后更下一层。烧焦了的黏土形成了一个小绝壁。每一层炉膛看起来都比之上的一层更薄一些,直到地洞加深了,炉膛变得像石头一样硬,并且比山毛榉皮厚不了多少。小家伙吸完了奶,打着哈欠,往下爬到地面上。他抓住马尔的一条腿,把自己拉了起来,向前倾着身子,眼睛一眨不眨地、炯炯有神地凝视着火堆。然后他向后退了退,绕着马尔快速地转圈,并且研究着地洞。他失去了平衡,掉进洞里,在洛克手边的软土里胡乱抓着,哇哇直叫。接着,他屁股朝上把自己从洞里退了出来,然后飞速爬回妮尔身边,蜷伏在她的膝部。

洛克向后坐倒,喘了一大口气。汗水从他的身上刷刷地流了下来。老妪碰了碰他的胳膊。

"挖!现在只有洛克了!"

他又疲倦地回到地洞那边。他拔出一块古老的骨头,远远地朝着月光深处扔了出去。他身体抵着石头,胸部起伏着,然后向前倒了下去。

"我不行了。"

于是,女人们拿起石头开始挖掘起来。莉库一声不吭地看着她们和那越来越深、越来越黑的地洞。马尔开始颤抖起来。各层炉膛的黏土柱随着她们的挖掘变窄了。它扎根在突岩下方的一个被人遗忘了的遥远深度。随着每一层黏土的出现,挖掘变得更容易了。但她们遇到了困难,不知该怎样保持地洞的四边垂直。她们挖到干枯而没有气味的骨头,那些骨头已经离开生命非常之久,对她们来说已经变得毫无意义,因而被弃于一旁,它们中有腿上的骨头,肋上的骨头,还有一个被压碎并打开了的头颅骨头。同样,还有一些石头,有的带着薄刃,可以用来切割,有的带着尖头,可以用来钻凿。她们在用得着的地方使用了这些石头,但并没有把它们留存下来。挖出的泥土在地洞边上堆积成了一个金字塔,在她们用手把新的泥土捧出来的时候,那些棕色的泥土粒会像小雪崩一样重新滚落回去。在金字塔的上方四散着各种骨头。莉库慵懒地玩弄着那个头颅骨头。这时候,洛克重新获得了力量,也开始挖起来,于是,那地洞下沉的速度更加快了。老妪重新给火堆加了木头,此时,在火焰的远处,黎明呈现出灰白的颜色。

终于,地洞挖好了。女人们在马尔的脸上泼了更多的水。他现在只剩下皮包骨了。他的嘴张得很开,似乎要去咬下那他无法吸入的空气。大家在他的周围跪成一个半圆。老妪用双眼把他们召集在一起。

"马尔强壮的时候,他找到许多食物。"

莉库蹲下身体,靠在突岩后部的岩石上,把小欧阿搂在怀里。小家伙在妮尔的毛发里睡着了。马尔的手指漫无目的地移动着,嘴巴开开合合。珐和老妪托起他的上半身,扶住他的脑袋。老妪轻柔地在他耳边说:

"欧阿很温暖。睡吧。"

他身体的动作变得像痉挛一样。他的脑袋滚向一边,靠在老妪的乳房上,然后静止在那里。

妮尔开始恸哭起来。这哭声充盈了整个突岩,也跳着越过水面,直奔小岛而去。老妪把马尔侧身放在地上,然后把他的双膝叠在他的胸部。她和珐把他抬起,然后放进地洞里。老妪把他的双手放在他的脸下,并且确认他的四肢安放平妥。她站起身,脸上看不出任何表情。她走到一处岩架边,挑选了一块鹿的后胯肉。她跪下来,把肉放进地洞里,摆在他的脸上。

"吃,马尔,当你饥饿的时候。"

她用她的双眼盼咐他们跟着她。他们往河边走去,只留下莉库和小欧阿。老妪双手捧起了水,于是其他人也把双手插入水中。她走了回来,把水泼在马尔的脸上。

"喝,当你口渴的时候。"

一个接着一个,大家把水滴在那苍白的、了无生机的脸上。每一个人都重复着这几个词语。洛克是最后一个,当水落下的时候,他的心里充满了一种对马尔的强烈情感。他走回去,取来了第二份礼物。

"喝,马尔,当你口渴的时候。"

老妪双手捧起泥土,把它们撒在他的头上。最后前来的是莉库,她胆怯地做着那双眼睛吩咐她所做的事。然后,她又回到岩石的地方。洛克看到了老妪的一个信号,便开始把那泥土金字塔扫回地洞里。松土下落时,发出轻柔的簌簌声,很快,马尔的形体就变得模糊了。洛克手脚并用,把泥土推下。老妪面无表情地看着那形体改变着,然后消失了。泥土在升高,很快填满了地洞,继续往上升高,直到马尔曾经躺卧的地方变成了突岩里的一个小坟堆。还剩下一些泥土。洛克把它们从坟堆上扫开,然后尽他所能把坟堆踩结实。

老妪在这个刚刚踩平的地面边上蜷伏下来,然后等待着,直到他们所有人都看向她。

她说话了:

"欧阿已经把马尔收回到了她的肚子里。"

五

　　大家沉默良久，然后开始吃东西。他们开始感到疲惫像雾霭一样悄然而至。突岩里，哈和马尔留下了空白。火堆依旧燃烧着，食物也很棒，但是一丝难熬的倦意席卷而来。一个接着一个，他们在火堆和岩石之间的空间里蜷缩起来，沉沉睡去。老妪走到凹陷处拿来木头。她架高火堆，直到火像奔流一般咆哮。她把剩下的食物收集起来，然后放在凹陷处确保安全的地方。接着，她蹲在马尔曾经待过的地方，向外看着远处的水面。

　　大家不常做梦，但是当黎明的曙光在身上照亮时，他们正被一群来自别处的幻象包围。老妪从眼角的余光里，可以看到他们是多么地深陷其中，既兴奋不已，又痛苦不堪。妮尔在说着梦话。洛克的左手正抓起一把泥土。他们所有人都不时发出喃喃的低语，还有夹杂喜悦与恐惧的种种含混不清的叫声。老妪什么也没有做，只是冷静地凝视着自己的画面。鸟类开始鸣叫，麻雀从树上落下，在阶地周围啄食。洛克突然甩出一只手，打在她的大腿上。

　　当水面上泛起波光，她站起身，从凹陷处取回木头。火堆迎接着木头，噼啪作响。她紧挨火堆站着，眼睛向下看。

　　"现在，就像是当初大火飞开并把所有树木都噬光的时候。"

　　洛克的手离火堆太近了。她弯下腰，把它移回到他的脸上。他翻过身，大叫起来。

　　洛克正在奔跑。那个其他人的气味追赶着他，而他却无法摆脱。现在是晚上，那气味中有爪子还有大猫的牙齿。他在那个他以前从未去过的小岛上。瀑布在两边喧哗。他沿着岸边奔跑，不知道他很快就会因体力不支而倒下,然后那个其他人就会逮住他。他摔倒了,接着便似乎是永恒的挣扎。但是把他和大家绑在一起的系带依然还在那儿。在他绝望般需求的拉拽下,大家都赶了过来,走着路,轻松地掠过水面,一切都因为形势所逼迫不得已。那个其他人走了,而他的四周都是人。因为黑暗,他无法看清他们,但是心里明白他们是谁。他们走了过来,越来越近,这不同于他们走进突岩、有了家的感觉并且不受整个空间约束的样子;他们纷纷钻了进来,直到和他连接在一起,身体连着身体。他们就像分享一个画面那样分享着一个身体。洛克安全了。

莉库醒来。小欧阿从她的肩膀上摔落,于是,她把它抱了起来。她打着哈欠,对老妪说她饿了。老妪走到凹陷处,取来最后一点鹿肝。小家伙正在玩着妮尔的毛发。他拉扯它,在上面荡来荡去,然后她醒了,又开始呻吟起来。珐坐起身,洛克又向后翻了个身,差点滚进火堆。他迅速跳开,嘴里咕哝着。他看着大家,傻里傻气地说:

"我睡着了。"

大家走到下面的河边,喝水,解手。当他们返回时,突岩里弥漫着一种诉说的感觉,他们空出了两个位置,就好像有一天曾经坐在那里的两个人会再次回来。妮尔给小家伙喂完奶,然后用手指把她的鬈发梳理开来。

老妪从火堆边转过身,对他们说:

"现在就是洛克了。"

他茫然地看着她。珐低下她的头。老妪走到他身边,紧紧地抓住他的手,把他带到一边。这里是马尔的位置。她让洛克坐下来,后背靠着岩石,大腿放在那已被马尔磨平了的光滑土洼里。这奇怪的感觉让洛克承受不了。他头转向一边,看着水面,再转回来看着大家,然后大笑起来。周围都是眼睛,大家在等他。他现在处在队伍的领头位置,而不是跟随在队尾,并且所有的画面都是从他的脑子里发出的。他热血沸腾,脸上发烧,他只得把双手按在眼睛上。他透过指缝,看着女人们,看着莉库,然后向下看着那个掩埋着马尔身体的土堆。他迫切需要和马尔交谈,静静地等待在他的面前,被吩咐该做何事。但是土堆里没有声音传来,也没有画面。他这时抓住了进入他脑海的第一个画面。

"我做梦了。那个其他人正在追我。接着,我们大家汇成一体。"

妮尔把小家伙举起来,放在她的乳房上。

"我做梦了。哈和我还有珐睡在一起。洛克和珐还有我睡在一起。"

她开始啜泣起来。老妪抬手吓了她一下,让她安静下来。

"男人为了画面。女人为了欧阿。哈和马尔已经走了。现在就是洛克了。"

洛克的声音弱弱地传了出来,就像莉库的一样。

"今天我们要猎寻食物。"

老妪等待着,无动于衷。凹陷里还有食物堆在那里,尽管不是非常充分。如果大家不饿,而且食物还有剩余,他们为什么要去猎寻食物?

珐向前蜷伏着身体。在她说话之际,洛克厘清了脑子里的混乱。他没有听珐讲话。

"我有一个画面。那个其他人正在猎寻食物,大家也在猎寻着——"

她大胆地看老妪的眼睛。

"然后,大家饿了。"

妮尔在岩石上蹭了蹭后背。

"那是一个糟糕的画面。"

老妪冲她们大吼一声。

"现在就是洛克了!"

洛克想起来了。他把双手从脸上拿开。

"我见过那个其他人。他就在小岛上。他从一块岩石跳到另一块上。他在树木之间攀爬。他浑身黝黑。他像穴熊一样变换外形。"

大家将脑袋转向外面,看着小岛。它沐浴在阳光之中,一片绿叶葱茏的景象。洛克叫唤一声,他们转回了头。

"并且我追随了他的气味。他就在那儿"——说着,他的手指向突岩的壁顶,于是,他们又都向上看去——"他待在那儿观察过我们。他就像一只大猫,但他又不像一只大猫。他还像,像——"

那些画面一时间纷纷从他的脑子里涌出。他挠挠下巴。要说的事情太多了,他多么希望能够问一下马尔把画面一个接一个连缀起来是怎么一回事,这样的话,那些排在最后的画面就可以先出来了。

"也许哈不在河里。也许他在小岛上。哈是个威猛的跳跃者。"

大家的目光沿着阶地一直看到小岛上的散石被冲刷到靠岸边的那个地方。妮尔把小家伙从乳房上拉开,放在地上让他爬。她的眼睛里落下了水。

"那是一个好画面。"

"我将会和那个其他人谈谈。他怎么能够总是待在那个小岛上?我将会搜寻一个新的气味。"

珐正用手掌拍打嘴巴。

"也许他就是从那小岛里孕育出来的。就像从一个女人身上一样。或者是从瀑布中来的。"

"我看不到这个画面。"

此时,洛克发现用词语同那些愿意倾听它们的人交谈是一件多么容易的事情。有了词语,甚至都不需要一个相伴的画面。

"珐要去寻找一个气味,而妮尔和莉库还有小家伙——"

老妪不想打断他说话。她只是抓起一根大树枝,扔进火堆里。洛克大叫一声,双脚跳了起来,然后不说话了。老妪代替他说:

"洛克不想莉库去。没有男人了。让珐和洛克去。这就是洛克所说的。"

他困惑地看着她,而她的眼里什么也没有流露。他摇了摇脑袋。

"是的,"他说,"是的。"

珐和洛克一起向阶地的尽头跑去。

"不要告诉老妪你见到过那些冰姬。"

"当我顺着那个其他人的踪迹从大山上爬下来的时候,她没有看到我。"

他想起了老妪的脸。"谁能知道她看得到什么,看不到什么?"

"别告诉她。"

他试着解释。

"我见过那个其他人。他和我,我们一起爬过那个山腰,我们还悄悄接近了大家。"

珐停下脚步,他们看着那小岛的岩石和阶地之间的隘口。她用手指了指。

"就算是哈,能跳过那个吗?"

洛克打量着那个隘口。那些受到了禁锢的水流打起转来,晶莹的波纹连成一条水带,向下泻入河里。一层层小漩涡在绿色的水面上汩汩冒出。洛克开始模拟他的那些画面。

"有了其他人的气味,我就是其他人了。我像大猫一样爬行着。我感到害怕,我很贪婪。我很强壮。"他中断模拟,从珐身边快速地跑了过去。然后转过身面对着她。"现在我既是哈又是那个其他人。我很强壮。"

"我看不到这个画面。"

"那个其他人就在小岛上——"

他极尽所能地张开双臂,像小鸟一样扑扇着。珐咧开嘴大笑起来。洛克得到了认可,也大笑起来,越笑越开心。他开始绕着阶地奔跑,像只鸭子一样嘎嘎地叫着,珐冲着他大笑。他刚准备扑扇着跑回突岩里,与人们分享这个笑话,这时他想起了什么。他刹住脚步停下来。

"现在就是洛克了。"

"找到那个其他人,洛克,然后同他说话。"

这让他想起了那气味。他开始在岩石上四下里嗅。没有下过雨,那气味非常微弱。他想起了瀑布上悬崖那里的混合气味。

"走吧。"

他们沿着阶地往回跑到突岩后。莉库冲着他们大喊,并举起了小欧阿。洛克爬过那个角落,感到珐的身体碰到了他的后背。

"那根木头杀死了马尔。"

他转过身看着她,两只耳朵抽动了一下,满脸狐疑。

"我的意思是那根已经不在那儿了的木头。它杀死了马尔。"

他张开嘴,准备辩论一番,但是,她推了他一把。

"上去。"

他们的眼前立马就出现了那个其他人的迹象了。一缕烟正从小岛的中部袅袅升起。小岛上有许多树木,它们中的一些树身前倾,树枝浸入了水中,遮蔽了沿岸。树木之间生长着浓密的灌木,葳蕤茂盛,人迹未至,故而那岩石土壤上被厚厚地覆盖住了,其上承载的树叶多不胜数。烟升起形成一缕浓浓的烟柱,然后扩散开来,渐渐淡去。现在它的存在已是毫无疑问了。那个其他人有一堆火,并且他一定是使用了非常粗大而且潮湿的木头,那样的木头他们是从来不会拾起的。珐和洛克琢磨着那烟,却找不到可以分享的画面。小岛上有烟,小岛上有一个其他人。这在他们的人生中还没有一个东西可以视为参照。

终于,珐转过身去,洛克看到她浑身在颤抖着。

"为什么?"

"我害怕。"

他想了想这句话。

"我要到下面的树林里去。那是最靠近那烟的地方。"

"我不想去。"

"回到突岩里。现在就是洛克了。"

珐再看了一眼小岛。然后,她突然向角落里扭动着身子,消失了。

洛克飞速地走下悬崖,穿过了大家的种种画面,径直来到树林开始的地方。在这里,河水只是偶尔才能被看到,因为灌木的枝条不仅伸出覆盖住了河岸所在的地方,同时因为河水的上涨,许多灌木的根部已经没于水下。地面低洼的地方,涌动的河水侵扰着已被淹没的小草。那些树木耸立在高一些的地方,洛克的双脚踯躅不决,既表明他对水的恐惧,也表明他想见那个新人或者那些新人的欲望。他离正对着烟的堤岸越近,心里就越加激动。现在他竟然也敢涉入那没过脚踝的水,一边颤抖着,一边蹦蹦跳跳地蹚了过去。

当他发现看不到了河水，也不能走近它时，便咬磨着牙齿，转向右边，跟跄着向前走。水下是泥沼，还有一些球茎泡白了的尖端。通常，他的双脚会抓住它们，然后把它们提上来交给他，但是，现在它们对他来说毫无用处，只是贴在他瑟瑟发抖的皮肤上的一种草率的坚实之物而已。在他和那条河之间，是整个长满蓓蕾而影影绰绰的灌木丛。他开始把他的信念依托在那几抱大树枝上，它们拢在一起，在他的压力之下垂了下去，他就这样双脚离地，惊恐万分地向前荡去。那些茂盛的树枝没有足够的力量可以承受住他，他只得四肢分开趴伏在蓓蕾和荆棘之间。这时候，他看到身下有水，不是棕褐色泥地上的一小摊水，而是深得多的水，那些灌木的根部都沉在其中，无法辨认。他摇摆着往下爬，那些灌木开始要挣脱他的控制；他目光平视，一眼望去，一片水光闪闪，他大叫起来，痛苦地悬浮着身体，然后爬回到安全的却使人厌恶的泥沼地。除了忙碌的母赤松鸡，对任何人来说，这里都没有通往那条河的道路。他匆忙离开下游，蜿蜒地步入树林里，那里的地面要坚实一些。他来到了那棵死树旁边的空地上。他走到下面的土悬崖上，在那里深水打着漩涡，涌了过来；但是在水的对面，那烟依然从神秘的树木和其下的植物中袅袅升起。一个画面来到了他的脑海里，那个其他人正在攀爬一棵山毛榉，并且隔着隘口窥视着。他匆忙沿着小径跑开，小径上大家的气味依然淡淡地逗留着，他一直跑到沼泽边，但是那根横跨水面的新木头已经不见了。在水的另一面，他在上面荡过莉库的那棵树还在那里。他四下里看看，然后爬上一棵山毛榉，它长得如此巨大，大到让他认为那些云朵真的是缠绕在它的树枝上面的。他抓住一根大树枝，然后迅速往上跑。树干分叉了，分叉处积有雨水。他倒退着，先用脚再用手，往上面更粗壮的一根树枝上攀爬，直到他感到这棵树在风和自身重量下的移动，庄严而缓慢。那些蓓蕾尚未开放,在一片绿色中,它们仿佛是眼睛里的泪花,晦涩而朦胧,洛克对它们失去了耐心。他不停地往更高的地方荡,直到抵达了树冠的部位,然后扒开挡在他自己和小岛之间的那些树枝。现在,他透过一个洞往下看,那个洞随着成群的蓓蕾低首或侧摇着变换形状。洞眼涵盖了部分的小岛。

小岛上同样到处都是蓓蕾,它们层层叠叠就像亮绿色的烟云堆积在一起。它们沿着岸边到处飘荡,而远处那些稍大的树木就像阵阵轻烟,垂直升起又翻卷开来,作为所有这一片绿色的背景的是那树干和树枝的黝黑,没有土地。但是,有一只明亮的眼睛,在那真正的烟的底部燃烧着的熊熊烈焰之中,它闪烁着,并在树枝划过的时候冲他眨了一眨。目光聚集在那堆火上,他至少可以看到近旁的土地,是很深的棕褐色,比河这边的土地要坚硬一些。它的里面一定遍布着球茎和落下的坚果,还有树蛆和菌类。毋庸置疑,那里有好的食物可以为那个其他人食用。

那堆火锐利地眨着眼睛。洛克也眨了回去。那火堆眨了眼睛,不是因为那些大树枝,而是因为有人移到了它的面前,一个像树枝一样黝黑的人。

洛克摇晃着那棵山毛榉的顶部。

"嚯,人!"

那堆火闪了两次。洛克突然从这些闪动中明白,那儿有不止一个人。那气味产生的顽固的激动再次涌入他的脑海。他拼命摇晃着树的顶部,仿佛要把它折断一样。

"嚯,新人们!"

一股巨大的力量涌入洛克体内。他可以飞越过他们之间那不可见的水面。在这棵山毛榉顶部的细枝里,他大胆地做出了一个不顾一切的动作,他声嘶力竭地大声喊着:

"新人们！新人们！"

突然，他在摇晃着的树枝上僵住了。那些新人听到了他。从那火堆的闪烁里，以及那浓密灌木的摇摆中，他可以看到他们投过来的视线。火堆再次闪了一下，绿烟中的一缕开始扭曲起来，随而摇摆直下奔向河边。他可以听到树枝在噼啪作响。他向前探了探身子。

可就在这时候，那里什么也没有了。绿色的烟在风中稳定下来，只是间或轻轻地跳动一下。火堆依然闪烁着。

洛克一动不动地等着，周遭如此安静，只有瀑布的轰鸣，不绝于耳。被新人们牢牢攫住的脑子开始松动起来。其他画面涌入了他的脑海。

"新人们！哈在哪里？"

位于水面边缘之下的一抹绿色喷雾颤抖了一下。洛克目不转睛地盯着。他顺着嫩枝往下来到主干，然后皱起眼窝附近的皮肤。那里有一个前臂，或者也许是一个上臂，横跨在大树枝上，黑乎乎、毛茸茸的。那绿色的喷雾又颤抖了一下，紧接着那只黑色的手臂消失了。洛克把他双眼里的水眨去。一个关于哈在小岛上的新画面进入他的脑海，哈和一头熊在一起，哈身处险境。

"哈！你在哪儿？"

另一边岸上的灌木丛摇晃着，扭曲着。它们之中出现了一道移动的轨迹，从岸边迅速退回到树木中。那堆火又闪烁了一下。接着火焰不见了，一团巨大的白烟穿过绿色腾空而起，慢慢变薄，然后消失了。洛克的身体愚蠢地向边上倾着，看着那些大树和灌木的四周。这种急迫感紧紧攫住了他。他把自己从树枝上往下荡，直到他能看到河面上的另一棵树。他跳上一根树枝，停住身子，然后像红松鼠一样从一棵树跳到另一棵树。他再次向树干上面跑去，折断一些树枝,然后向下窥探。

　　瀑布的轰鸣声此时沉闷了些许,他可以见到那些水雾形成的柱子。它们笼罩在小岛的上端,让那里的树木变得影影绰绰。他让自己的双眼从那里移开,看向下面的小岛,再看向灌木曾经移动过、火堆曾经闪烁过的地方。他可以看到,尽管不够清晰,在树木中间有一块空地。那死火的浓烈味道依然萦绕其上,正在缓缓消散。视野里没人,但是他可以见到灌木被破坏过的地方,以及一条在泥土上踩踏出的小径迂回在河岸和空地之间。在小径的内端有一些树干,形体巨大,周围有不少死去的东西,已腐朽了多年,它们物以类聚,拢在一起。他仔细查看那些木头,他张开的嘴低垂着,一只空闲的手平放在头顶上。为什么这些人要弄来这一切的食物——他可以隔着河水清晰地看到那些苍白的菌类——并且同时还有这些无用的木头? 他们是一些脑子里没有画面的人。接着,他看到在原先放火堆的地面上有一块肮脏的污迹,同样巨大的木头曾被用来搭建它。没有一丝一毫的预警,恐惧就涌入了他的胸间,那种恐惧,就像当初马尔在梦中见到大火燃烧树林的时候,那样彻底,那样无理可循。因为他是大家中的一员,一千条隐形的系带早已把他同他们紧紧相连在一起,所以他是为大家而恐惧的。他开始哆嗦起来。两片嘴唇缩到了牙齿后面,他的眼睛也无法清晰地观看了。他听到自己的声音,穿透了两只耳朵的咆哮的声响:

　　"哈! 你在哪儿? 你在哪儿?"

　　一个粗腿的人笨拙地跑过了那块空地,然后消失了。那堆火待在原地,早已熄灭。灌木被一阵从河边吹来的轻风梳理着,然后便静然不动了。

　　绝望的叫喊响起:

　　"你在哪儿?"

洛克的耳朵对洛克说：

"？"

他是如此关注那个小岛，以致他有好一阵子都没有注意到他的两只耳朵了。他轻轻地攀附在树上，身子摇摇晃晃的，与此同时，瀑布冲着他嘟嘟囔囔，而小岛上的那块空地上依然空无一人。接着，他听到了，有人过来了，不是从水的另一边，而是从这一边，就在远处。他们是从突岩那里下来的，他们的脚步无所顾忌地踏在石头上。他可以听到他们说话，他们的话让他大笑起来。那些声音在他的脑子里形成了一个画面，交错的形状，尖细而复杂，流利而愚蠢，不像鹰叫时那悠长的鸣啭，而像暴风雨过后海滩上缠绕在一起的一行杂草，像水一样混乱。这笑声穿过树木向河边推进。同样的笑声开始在小岛上响起，于是，它们便在水面上穿梭往复。洛克从树上跌跌撞撞、半摔半爬地下到地上，然后走到那小径上。他沿着小径奔跑，穿过了大家陈旧的气味。那笑声在河岸的近旁。洛克到达了那根木头横跨水面的地方。他不得不爬上一棵树，荡起自己然后落下，这样他就又来到小径上。这时候，在河的这一边，在笑声中，莉库尖叫起来。她不是因为愤怒或者恐惧或者痛苦而尖叫，她的尖叫声中带有那种当她看到一条缓缓移动的蛇的时候，她可能会表现出的盲目而令人害怕的恐慌。洛克加速奔跑，他的毛发竖了起来。为了找到尖叫声发出的地方，他离开了小径，步履踉跄起来。那尖叫声撕裂着他的内心。它不像是珐在抱着死去的婴儿时的那种尖叫，也不像是马尔被埋葬时，妮尔发出的哀鸣；它像是大猫把尖牙刺进马的脖子并死咬不放、吮吸血液时，马所发出的那种嘶鸣声。洛克自己也不由自主地尖叫起来，更加奋力地拨开荆棘。他的感官——通过那尖叫声——告诉他，莉库正在做的事情是没有任何一个男人或者女人会去做的。她正在跨越河水走向远方。

洛克依然还在奋力地拨开荆棘,可就在这时,尖叫声停止了。他又听到了笑一声,还有小家伙的嘤嘤声。他冲出灌木丛,来到那棵死树边的空地上。树干的周围散发出其他人和莉库的味道,还有,恐惧的味道。在水的对面,绿色的喷雾浩浩荡荡地弓着身子,猫着腰,发出嗖嗖的声响。他一眼瞥到莉库那红色的脑袋,还有一个黑乎乎、毛茸茸的肩膀,上面趴着小家伙。他上蹿下跳起来,嘴里大声叫着:

"莉库!莉库!"

那些绿色的漂移物抽动到一起,然后,小岛上的人们消失了。洛克沿着那棵死树下面的河岸跑上跑下。他离水面是如此之近,他向外扔出了大块大块的泥块,它们在水流中溅起浪花。

"莉库!莉库!"

灌木又抽动了一下。洛克在树边站住身子,凝视着。一个脑袋和胸部正对着他,半遮半掩。在树叶和毛发的后面有一些白色骨头一样的东西。那个男人在他两只眼睛的上方和嘴巴的下面有白色骨头一样的东西,因而他的脸比一个正常的脸要长一些。那个男人在灌木丛里侧过身子,顺着他的肩看向洛克。一根木棍直直地升了起来,在其中间的部位有一块骨头。洛克盯着那根木棍和那块骨头,以及他脸上那些骨头一样的东西里面的小眼睛。突然,洛克明白了那个男人正举着一根木棍要递给他,可是无论是他还是洛克都无法把手伸过河去。要不是因为那尖叫声还回荡在他脑海里,他很可能会大笑起来。那木棍的两端都开始变得短了一些。然后它向外射了出去,又变得像原先一样长了。

洛克耳朵边上的那棵死树获得了一个声响。

"扑通!"

他的耳朵抽动了一下,然后,他转身看着那棵树。在他的脸边

上,树上长出了一根木棍;那木棍上可以嗅到其他人的味道,还有鹅
的味道,以及苦涩的野莓的味道,那种味道他的胃会告诉他一定不
能吃。木棍的一端有一个白色的骨头。那骨头上带个小钩子,上面
还挂着一些黏糊糊的棕褐色的东西。他用鼻子检查了一番,发现不
是他喜欢的。他沿着木棍一路嗅。木棍上的叶子是红色的羽毛,这
让他想起了鹅。他迷失在一片惊愕和激动之中,无法自拔。他隔着
波光粼粼的水面,冲着那些绿色的漂移物大声叫喊起来,然后他听
到莉库哭喊着的回应声,但是,他无法听清她所说的话语。它们突
然被切断了,仿佛有人拿手捂住了她的嘴。他冲向水边,又返了回
来。在这开阔的河岸两边,灌木密密麻麻地生长着;它们在水中跋
涉,最远端的枝叶正在水下慢慢打开;它们看上去都前倾着。

　　莉库的声音在他脑子里回荡,面对着这条通往小岛的危险的灌
木之路,他不禁浑身战栗起来。他朝着灌木猛冲过去,通常情况下
它们都应该是扎根在干燥的土壤之上,而现在他的双脚溅起了水
花。他奋力前冲,手脚并用牢牢抓住灌木枝。他大叫道:

　　"我来了!"

　　半趴半爬地,他在河面上向前移行,嘴一直咧开着,吞咽恐惧。
他看到身下的潮湿,充满神秘,所到之处被那些幽暗弯曲的树干穿
透。那里没有地方可以支撑他的全部重量。他不得不想办法分摊
重量,他张开四肢和身躯,两边交错用力移行,当大树枝难以受力
时,就只能顺势滑行。身下的水面变得黑暗了。每根大树枝后的水
面上都泛起阵阵涟漪,水草被带起,纵向地在水面摇摆着,太阳光散
乱地上下闪烁。他来到了最后一片高灌木,它们一半沉入水中,一
半悬挂在河床之上。一瞬间,他看到了一汪水面和小岛。他瞥了一
眼瀑布的水雾柱,看到了悬崖上的岩石。由于他停了下来,攀住树
枝开始在他的身下弯压下去。它们不断向外向下地摇摆着,他的脑

袋比他的双脚还要低了。他向下沉去，水面上升了，里面映出一个洛克的脸。这张洛克脸上光影摇曳，他可以看到他的牙齿。在牙齿的后面，一株野尾草前后摆动着，每次移动的距离都超过了一个人的长度。但是，在更后面的地方，其他所有的事物都显得那么遥远而幽暗。一阵微风拂过河面，灌木轻轻地向一边摇晃。他的双手和双脚痛苦地抓紧自身，身上的每一块肌肉都打着结。他不再想什么旧人们还是新人们。他体验到了洛克，头朝下俯在水面之上，靠一根树枝拯救着他。

洛克以前从来没有距离水中央这么近过。水面之上有一块皮肤，在皮肤的下面，黑色的东西一点一点地升向表面，不断翻滚着，漂浮成若干个的小圈子，或者沉降下去，看不到了。底下有一些石头，闪烁出绿色的光，在水中摇摆着。野尾草一会儿遮盖住它们，一会儿又让它们显露出来，很有规律。此时，微风已经停歇；灌木们像那野尾草一样有节奏地起起伏伏着，那块闪闪发光的皮肤在他的面前晃来晃去。他的脑子里涌出了一些画面。甚至连恐惧都像饥饿的疼痛一样变得麻木了。每一只手和脚都执拗地死死抓住一束枝条，水中的嘴龇开露出牙齿。

野尾草正在变短。绿色的顶部从河面上退却。莫名的黑暗正在吞噬着另一端。那黑暗变成了一种具有复杂形体的东西，慵懒地移动着，如同在梦中一般。就好像那些泥斑，它们翻滚着，不过并非是毫无目的的。它们正在碰触野尾草根部，压弯了草尾，不停翻滚，把草尾卷起，奔他而来。那两只胳膊动了一下，那两只眼睛就像水底的石头一样无精打采地闪烁着。它们同身体一起旋转着，盯着水面，盯着那宽广的深水区以及隐藏着的底部，没有生命或者思考的迹象。一束水草从那张脸上拖过，而那双眼睛并没有眨一下。那身体翻滚着，如同河水本身，动作顺畅而沉重，直到它的背部沿着野尾草的方向朝他浮上来。那个脑袋朝着他转了过来,慢慢地,好像在做梦,在水中升了起来,朝着他的脸庞而来。

洛克一向对老妪心怀敬畏,虽然她是他的母亲。她的生活,在心里和脑子里,都离伟大的欧阿是如此接近,所以,对于一个男人来说,可以无所畏惧地仰望她。她知道那么多,她活了那么久,她所感知到的事情,他们只能猜测,她就是真正的女人。尽管她的理解和同情包容了他们所有人,但是有时候,在她所做的事情里,有一种遥不可及的静谧,让他们自惭形秽、羞愧不已。他们深爱着她,也对她有所畏怯,但并不惧怕,在她面前,他们都会低下眉眼。但是现在,洛克面对面、眼对眼看着她,近在咫尺。她完全无视她身体上的伤害,她的嘴张开着,舌头吐了出来,那些泥斑慢慢地转进转出,仿佛它只是一块石头上的一个洞,而不是任何其他东西。她的双眼扫过那些灌木,扫过他的脸庞,看着他却没有看到他,然后滚向一边,消失了。

六

洛克的双脚从灌木上自行松开了。它们滑了下来,他用双臂挂住身子,整个腰以下的部位都没入了水中。他抬起他的两个膝盖,他的毛发刺扎着。他已经不再尖叫了。对水的恐惧只是一个背景。他左右荡悠着身体,抓住更多的树枝,然后踉踉跄跄地走完灌木丛和水面,来到了岸边。他站在那儿,背对着河水,像马尔一样颤抖着。他的牙齿龇露着,并让两只胳膊高举着,保持紧张状态,仿佛他还在把自己悬在水面之上。他微微地抬头往上看,然后左右转动脑袋。在他身后,那些笑声又开始了。一点一点地,它们吸引了他的注意力,尽管他身体的姿态保持不变,嘴依然咧着。有许多笑声,仿佛那些新人发了狂,在其中,有一个声音比其他的都要响亮,是一个男人的声音,大喊大叫着。其他的声音停止了,而那男人继续喊叫。一个女人大笑起来,声音刺耳、亢奋。接着,一切都寂静下来。

太阳在树木之下的植物以及潮湿的棕褐色土地上点刻着斑斑亮点。间或会有一阵微风徘徊到河面之上,让那些新生的、鲜活的树叶轻轻地随风转到一个新的方向,这样,太阳的光点婆婆散乱开来。在岩石之间,一只狐狸凄厉地嘶叫着。一对斑尾林鸽彼此互相说着筑巢的辰光,声音单调乏味。

慢慢地,他的脑袋和两只胳膊放了下来。他不再咧着嘴了。他向前迈了一步,然后转过身。他开始向河边跑去,跑得不快,但是尽可能地靠近河水。他严肃地向灌木丛中窥视,走了几步,然后停下。他的双眼找不到目标,嘴又开始咧了起来。他站住身,他的双手搁在一棵山毛榉弯曲的树枝上,眼睛里什么也没有看见。他用双手抓住那根树枝,仔细查看。他摇晃它,前前后后,前前后后地摇,越来越快。那些树枝的末端像大扇子一样,在灌木顶端发出了嗖嗖的声响,洛克的身子前推后拉,他气喘吁吁,汗水同河水一起从身上流下,淌到他的两条腿上。他放手了,呜咽着,然后又站起身,他弯曲着胳膊,奋拉着脑袋,紧咬着牙齿,似乎身体里的每一根神经都在燃烧。那两只斑尾林鸽在继续商谈着,太阳的光点洒在他身上。

他离开那棵山毛榉,回到小径上,步履蹒跚地走了几步,停下来,然后开始奔跑。他闪电般地跑进那棵死树所在的空地上,太阳照在那簇红色羽毛上,明亮非常。他朝着小岛的方向看去,看到灌木在移动,接着有一根树枝从河对面旋转着飞了过来,然后消失在他身后的树林里。他有了一个困惑的想法:有人试图送给他一件礼物。他很可能会冲着对面的那骨头脸男人微笑的,可是那里看不见有人了,而且依然到处都回响着莉库那微弱的、折磨人的尖叫声。他从树上拔下那根树枝,又开始跑起来。他来到通往大山和阶地的那个斜坡,检查了其他人和莉库的气味;随后,他循着气味的时间,朝着突岩的方向奔去。他移动得非常快,指关节一直按在地上,要不是因为他左手握着那支箭,他很可能就会手脚并用地跑。他把那根树枝横咬在齿间,两只手都伸出去,半跑半爬地攀上了斜坡。当快到阶地入口时,他可以在岩石上看见下方的小岛。那儿有一个骨头脸男人,胸部以上都可以看到,其他部位掩藏在灌木中。那些新人从来没有如此近距离地,在光天化日之下,显露过真身,现在,那张脸看起来好像是一头鹿屁股上的白斑。在那个新人身后的树林里有烟升起,但是烟是蓝色透明的。洛克脑子里的画面纷至沓来,混沌不清——比根本就没有画面还要糟糕。他从牙齿间拿下那根树枝。他不知道他大声叫喊的话是什么。

"我是和珐一起来的!"

他跑着通过了入口，来到阶地上，附近一个人也没有，他目睹此景，感到突岩里仿佛传出一阵寒流，而那里原本是有火堆的。他快速走到土坡上，然后站住身子，往里面看去。火堆已经被掀翻，四下散落，而他们中唯一还在的是坟堆下的马尔。不过里面留下了大量的味道和迹象。他听到突岩顶上有声响，便从那圈灰烬中跳了出来，然后他看到珐从岩架上攀了下来。她也看到了他，然后，他们扑在一起。她浑身战栗着，两只胳膊紧紧地抱住了他。他们冲着彼此咿咿呀呀说起来。

"那个骨头脸男人把这个给了我。我跑到斜坡上。莉库在水对面尖叫。"

"当你走下岩石的时候。我正在攀爬那些岩石，因为我受到了惊吓。一些男人来到了突岩里。"

他们安静了，依偎着，浑身战栗。那堆未经分辨的画面，不时在他们之间闪烁着，把他俩联系到一起。他们无助地看着彼此的眼睛，然后洛克开始不安地左右晃动脑袋。

"火堆死了。"

他们搂抱着彼此，走到火堆前。珐蹲伏下来，拨弄着树枝烧焦了的末梢。那只习惯之手依然留在它们上面。他们蹲伏在各自相应的位置，木然地看向外面的流水以及那道银线，在那里，水从悬崖上倾泻而下。此刻，夕阳斜射进突岩里，但是已经没有红润闪烁的火光可以与之共舞了。珐身子一动，终于说话了。

"这儿有一个画面。我正在往下看着。那些男人来了，然后我隐蔽了起来。我隐蔽的时候，我看见老妪出去迎接他们。"

"她在水里。她从水里看着我。我头朝下。"

他们再一次无助地凝视着彼此。

"当那些男人走远的时候，我下到阶地上。他们带走了莉库和小家伙。"

洛克四周的空气中回荡着那幽灵般的尖叫声。

"莉库在河对岸尖叫。她在小岛上。"

"我看不到这个画面。"

洛克也看不到。他把双臂大大地张开,然后冲着那尖叫声的记忆咧开了嘴。

"这根树枝是从那小岛上来到我身边的。"

珐仔细地检查着那根树枝,从带倒钩的骨头尖到红色的羽毛,然后是光滑的箭梢凹口。她再回到倒钩上,皱起了脸庞看着那棕褐色的黏液。洛克的那些画面稍微得到了整理。

"莉库在小岛上,同那些其他人在一起。"

"那些新人。"

"他们隔着河水把这根树枝扔进了那棵死树里。"

"?"

洛克试图让她和他一起看一个画面,但是他的脑袋太疲倦了,只能放弃了。

"来吧!"

他们顺着血液的气味来到河水的边缘。水边的岩石上也有血液,还有一点奶汁。珐把双手按在她的脑袋上,然后赋予她的画面以语词。

"他们杀了妮尔,然后把她扔进河里。还有老妪。"

"他们抓走了莉库以及小家伙。"

现在他们分享着一个画面,作为他们的目标。他们一起沿着阶地奔跑着。在角落里,珐收住了身子,但是当洛克攀爬的时候,她跟在后面,然后他们站在岩面上,看着下面的小岛。他们能够看到那淡蓝色的烟还在晚霞中飘散;但是不久,群山的阴影就会笼罩在树林之上。那些画面在洛克的脑子里拼接着。他看到他自己出现在悬崖上对老妪说话，因为在她不在那里的时候，他嗅到了火的味道。但是在这完全陌生的一天里，这画面不过是又一团乱麻罢了，所以他弃之不顾。岛岸上的灌木丛在晃动着。珐抓住洛克的手腕，他们一起沉下身子靠在岩石上。那晃动的时间变长了，动静更大了。

这时候，他们两个人只剩下眼睛了，它们注视着，吸收着，不加思考。在灌木丛的下面，有一根木头漂浮在水面之上，它的一端往外摆动着钻进水流中。它黝黑而光滑，并且是空心的。有一个骨头脸男人坐在里面，位于往外摆动的那一端。遮盖住另一端的那些树枝拖着一坨东西；接着，它现身了，完全没有灌木的遮掩了，漂浮着，两端各有一个男人。那木头前端竖起冲着那瀑布，并且稍微横在河面上。水流开始把它向下游带去。那两个男人举起木棍，那木棍的末端是巨大的棕褐色树叶，那树叶被他们插进了水中。那根木头稳住了，停在原处，而河水在其下流淌着。那棕褐色的树叶搅动起了一片片白色的泡沫和绿色的涡旋，在河面之下暗暗涌动着。那根木头侧着身游了出来，在其两边都各有一片无法跨越的深水。可以看到那两个男人是如何透过他们骨头面具上面的那些小孔，凝视着那棵死树边的河岸，窥探着两旁树木之下的植物。

在木头前方的那个男人放下他手里的木棍，然后拿起一根弯曲的取而代之。在他的腰边上有一堆红色的羽毛。他握住那根木棍的中间部位，动作就像他曾经做过的那样，彼时那根树枝飞过了河水直奔洛克。那根木头侧着身靠近了河岸，坐在前头的男人向前跳下，于是他的身体就被灌木丛遮蔽了。那根木头待在原地，坐在后面的男人不时地把他的棕褐色树叶插进水中。瀑布的阴影正向他袭来。他们可以看到在那骨头的上方，有头发长在他的脑袋上。那头发堆成厚厚的一簇，就像一棵高树上白嘴鸦的鸟窝一样，每当他用力划那个树叶的时候,它就上下跳着,颤抖着。

珐也在颤抖着。

"他会来到阶地上吗?"

正说着,先前那个男人就出现了。那根木头的一端靠着河岸拱出了视线,然后当它再次出现的时候,先前那个男人又坐在了上面,手里握着另外一根尾部有红色羽毛的树枝。那根木头转过身,朝着瀑布的方向,两个男人把他们的树叶一起浸到了水中。那根木头侧着身滑进了深水处。

洛克开始絮叨起来。

"莉库坐在那根木头里过了河。那样的木头长在哪里?现在莉库会坐在那根木头里回来的,然后我们将重聚。"

他手指着那根木头里的两个男人。

94

"他们有那些树枝。"

那根木头正在返回小岛。它拱着岸边的灌木,就像一只麝香鼠在检查准备要吃下的东西。坐在前端的那个男人小心翼翼地站了起来。他分开灌木,用力地把自己和那根木头拖了过去。另外一端慢慢地向下游荡去,然后向前驶去,直到那些悬垂着的树枝覆盖住了它,于是在后端的那个男人弯下了腰,并放下了他的木棍。

突然,珐抓住了他的右臂,摇晃着。她两只眼睛紧盯着他的脸。

"把那根树枝还回去!"

她脸上的害怕,他可以感知一二。在她身后,太阳倾斜着的阴影,一直从瀑布口铺到小岛的尽端。越过她的右肩,他瞥到了一段木头,倒立着,无声无息地消失在瀑布的上方。他举起那根树枝,仔细检查。

"扔了它。马上。"

他猛烈地摇晃着脑袋。

"不！不！是新人们把它扔给我的。"

珐在岩石上前前后后走了两步。她迅速地看了一眼寒冷的突岩，然后又看了一眼小岛。她同时抓住他的双肩，然后摇晃他。

"那些新人有很多的画面。我也有很多的画面。"

洛克大笑起来，满腹狐疑。

"男人为了画面。女人为了欧阿。"

她的手指抓紧了他的肌肤。她的脸看上去就像她很痛恨他一样。

她凶狠地对他说：

"小家伙没有了妮尔的奶水该怎么办？谁会给莉库寻找食物？"

他张开嘴，挠了挠下巴上的毛。她把双手从他身上拿开，然后等了一会儿。洛克继续挠着，他的脑袋空荡荡的，隐隐作痛。她连着摇了两次头。

95

"洛克的脑袋里没有画面。"

她开始变得非常严肃起来，伟大的欧阿就在那里，虽然看不见，但是可以被感知，就像一团围绕着她的云朵。洛克感到自己在变渺小。他紧张地用双手握住那根树枝，然后扭过脑袋，看向别处。现在，那树林里一片黑暗，他可以见到新人们的火堆正冲着他不停地眨着眼睛。珐对着他的一侧脑袋说道：

"按我说的做。不要说：'珐做这个。'我会说：'洛克做这个。'我有很多的画面。"

他越发变得渺小。他迅速瞥了她一眼，然后看向远处的火堆。

"扔了那根树枝。"

他向后摆动他的右臂，然后把那根树枝羽毛朝前用力地掷向空中。羽毛拖宕着，箭杆旋转了起来，那根树枝在阳光下悬浮了一会儿,然后尖头下坠,整根树枝落进了阴影里,就像一只俯冲的鹰那般流畅,它滑落下去,消失在水流之中。

他听到珐发出了一声呻吟,一种无泪的抽泣;接着她搂住了他,她的脑袋靠在他的脖子上,然后,她一会儿大笑,一会儿抽泣,浑身哆嗦着,仿佛她完成了某件虽然艰巨但大有裨益的任务。她变成了凡人的珐,身上不再有多少欧阿了。他举起两只胳膊环抱着她,寻求慰藉。太阳已经落入到隘口里,河水被染得红彤彤的,瀑布的边缘也是火一样的辉煌,好似火堆中的树枝末梢。有一些黝黑的木头沿河而下,黑乎乎地反衬着烈焰闪烁的水面。那是一些完整的树,它们的根好像海怪一样移行着。有一棵树转向了它们下面的瀑布;根部和枝干竖了起来,拖宕着,往下落去。它在瀑布口悬停了片刻;烈焰闪烁的水面在一端堆起无尽的光芒,接着那棵树落入到了空气中,像那根树枝一样流畅,直至消失。

洛克在珐的肩膀上说:

"老妪在水中。"

过了不久,珐把他从身上推了开来。

"来吧!"

他跟着她绕过那个角落,进入了阶地,现在他们与光线平齐了。他们走路的时候,他们的身躯在地上铺成了两层平行的阴影,于是,一只抬起的胳膊看起来也同时抬起了一段长长的黑暗的重量。他们习惯性地往上走到通往突岩的高地,但是,它以往的舒适已经荡然无存了。那些凹陷处还在那里,漆黑的眼睛,在它们中间是那岩柱,泛着红光。那些树枝和灰烬上有许多泥土。珐坐在炉膛边,冲着小岛皱起了眉头。在她把双手放在脑袋上的时候,洛克等待着,但是他无法分享她的画面。他想起了凹陷里的鹿肉。

"食物。"

珐一言不发,洛克带着些许怯意,仿佛他还有可能要必须面对着老妪的眼睛一样,慢慢地摸到了一个凹陷处。他嗅了嗅鹿肉,然后拿起了足够他们两个人吃的量。当他返回来的时候,他听到鬣狗们在突岩上方的岩石里号叫着。珐接过了肉,眼睛并没有看洛克,开始吃起来,同时还在看着她的那些画面。

一旦开始吃,饥饿便唤醒了洛克。他把鹿骨上的肌肉撕成一个个长条,然后塞进嘴里。肉中有很多的力量。

珐含混不清地说着话。

"我们向那些黄色的家伙扔石头。"

"?"

"那根树枝。"

他们又一次陷入沉默,那些鬣狗还在嘶鸣着,号叫着。洛克的两只耳朵告诉他它们饿了,而他的鼻子向他保证它们孤立无援。他在骨头里挑骨髓,他从死火堆里拿起一根尚未燃烧的树枝,将它尽可能深地往骨头里面戳去。他突然冒出一个画面,洛克把一根树枝戳进一个缝隙里找蜂蜜。一阵情感像海浪一样向他涌来,吞没了食物带给他的满足,甚至也吞没了珐带给他的友谊。他蜷伏在那里,树枝依然插在空骨头里,这种情感穿着他,席卷着他。它就像那条河一样,不知来自何方,也正如那条河,无法否认。洛克就是水中的一根木头,一头淹死的动物,流水一向安之若素。他抬起他的脑袋,就像妮尔从前抬起脑袋那样,哀鸣声冲破了他的胸膛,就在这时候,阳光从隘口里移走了,暮色如潮水般升腾起来,弥漫开去。他紧靠着珐,而她正搂着他。

月亮在他们移动的时候升起。珐站起身,眯缝着眼睛看着它,再看看小岛。她走到下面的河边,喝了水,然后待在那里,慢慢跪了下来。洛克站在她的身边。

"珐。"

她一只手摆了摆,表示不要打断她,继续看着水面。然后,她站起身,沿着阶地奔跑起来。

"那根木头!那根木头!"

洛克跟在她后面跑,但是不明白。她指着一根纤细的树干,它正朝着他们滑来,一边前行一边打着转。她猛地跪在地上,抓住了树干较粗壮那端上的一根长木条。那根木头转过身,向她靠拢过来。洛克看到她在岩石上滑了一下,就冲过去抓住她的双脚。他抱住她的膝盖;接着,他们开始向陆地上拖拽,那根木头的另一端开始打转。珐一只手缠绕住他的毛发,毫不留情地拉扯着,他的双眼便有水渗出,然后满溢,流到他的嘴上。那根木头的另一端荡了进来,贴着阶地漂浮,轻轻地在向他们靠拢。珐转过头说:

"我有一个画面,我们坐在这根木头上,越过河水,到达小岛上。"

洛克的毛发竖了起来。

"但是人无法像一根木头一样穿过瀑布!"

"别出声!"

她喘了一会儿,终于接上了气。

"在阶地的另一端之上,我们可以把这根木头横放在岩石上。"她长长地喘出了一口气。

"大家从木头上跑过,这样跨越了小径上的水面。"

洛克惊恐万分。

"我们无法越过那瀑布!"

珐又解释了一下,非常耐心。

他们把这根木头往上游方向拖到阶地的尽头。这工作很是艰难,他们的毛发都竖立起来,因为水面之上的阶地,其高度并非一致,并且沿着它的边角,还有一些小豁口和突出地面的岩层。他们不得不边走边探索:与此同时,那水流一直拖宕着,时而轻柔,时而突发猛劲,仿佛他们正在抢走它的食物一样。那根木头并不像木柴那样已经完全死去。有时候,它会在他们手里扭动着,而较纤细那端上的断枝会像腿一样在岩石上磕磕绊绊。他们离阶地的尽头还为时尚远,而洛克早已忘了他们为什么要拖拽它。他只记得珐突然变大了,还有那痛苦的波涛,已然把他淹没。身体忙于那根木头,脑子惊恐于那流水,痛苦消退了,变成了一个可以查看的点,他不喜欢它。痛苦联系起他们大家以及那陌生。

"莉库会饿的。"

珐一言不发。

在他们把那根木头拖到阶地尽头的时候,月亮成了他们唯一的光源。隘口里蓝白相间,平坦的河面上洒满了点点银色。

"抓住这一头。"

当他抓住它的时候,珐把另一端从手中推开到河里,但是水流又把它冲了回来。然后,她蹲下身子,双手放在脑袋上,过了很长一段时间,洛克木然地等待着,很是顺从。他打着哈欠,嘴张得大大的,舌头舔舐着嘴唇,看着隘口另一边那陡峭的蓝色悬崖。河的另一边没有阶地,只有迅速下落的一汪深水。他又打了一个哈欠,并用双手擦去眼睛里的水。他冲着夜色眨了一会儿眼睛,查看了月亮,然后挠着嘴唇下面。

珐大声叫了起来:

"那根木头!"

他越过双脚看向下面,但是那根木头已经不见了;他左看看右看看,然后目光躲躲闪闪地看向天空;这时候他看到它漂浮在珐的身边,并且在慢慢地转走。她沿着岩石攀爬,然后抓住那些像腿一样的树枝。树干拖拽着她,暂停了,接着洛克忘记了的那一端开始向外荡去。他做出伸手去抓的动作,但木头已经够不着了。珐愤怒地冲着他唠叨,尖叫。他像绵羊一样怯懦地从她身边退开。他嘴里毫无意义地自言自语着:"那根木头,那根木头——"痛苦已经如同潮水般退却了,但是它依然还在那儿。

木头的另一端颠簸在小岛的下游水面上。河水把它向两边冲开,那根木头转动着,嘎嘎地向前挪着,把树枝从珐的手中拖开。那树枝一路跌下阶地,折弯了,弹开,再折弯,然后发出长长的爆裂声。那根木头被堵住了,较粗壮的一端在岩石上碰撞,碰撞,碰撞;水流在中间的部位形成了一个水闸,而树冠则撞进阶地崎岖不平的那一端里。那根木头的中间部位,尽管差不多有洛克那么粗,还是被水流压得弯曲了,因为它有很多个人加在一起那么长。

珐走近他的身旁,满脸疑惑地盯着他的脸看。洛克想起了她在那根木头似乎要离他们而去的时候的愤怒。他急切地拍打着她的肩膀。

"我有很多的画面。"

她静静地看着,然后咧嘴笑了,也拍了拍他。她把两只手都放在大腿上,轻柔地拍打着,一边大声地冲着他笑,于是他也拍打起来,也同她一起大笑。月亮此时非常明亮,他们脚下的那两个灰蓝色的影子在模仿着他们的动作。

一只鬣狗在突岩边哀鸣着。洛克和珐冲上阶地。无需只言片语,他们的画面此时是一致的。就在他们离那些鬣狗足够近,可以看见它们的时候,他们远远地分开,各自的双手握住石块。他们开始同时咆哮、怒吼起来,惊得那两个耳朵竖起的形体跑到岩石之上,灰白色的身形在那里鬼鬼祟祟,磨磨蹭蹭,四只眼睛像绿色的火花。

珐从凹陷处拿出剩余的食物,一路上,两只鬣狗都跟在他们身后咆哮。当到达那根木头的所在时,他们便开始机械地吃起来。洛克从他的嘴里拿下一根骨头。

"这留给莉库。"

那根木头现在不再孤单了。又有一根小一些的靠在它的边上,碰撞着,嘎嘎地向前挪着,水从它们上面流过。珐在月色中向前走去,把一只脚踏在木头靠岸的一端上。然后她返了回来,冲着那水流做了个鬼脸。她向上走到阶地上,目光扫视着下游,在那里,瀑布口闪闪发光,向前泻去。她犹豫不决,踟蹰不前,然后彻底停下。一根大树枝,在水中旋转着,然后与那两根木头聚在了一起。她再次尝试,这次她跑了更短的距离就停下来,冲着那令人头晕目眩的流水吱哇乱叫起来。她开始在那些木头上转圈跑着,嘴里胡言乱语,听起来非常凶狠而又绝望。这又是一件新事物,它让洛克惊恐不已,他在阶地上侧着身体移来移去。不过这时候,他想起了他自己在树林里的那根木头旁边的那些滑稽动作,他冲着她大笑起来,尽管她背后一片空无。她向他跑过来,对着他的脸龇牙,仿佛想要咬他一口似的,与此同时,她的嘴里不时发出奇怪的声响。他向后跳去。

她一言不发,依附在他的身上,浑身颤抖着,他们的影子在岩石上融为一体。她对他咕哝着,声音里没有欧阿在其中:

"先到那根木头上。"

洛克把她放在木头的一边。他们一声不吭,那痛苦又回来了。他看着那根木头,发现有的部分在洛克的外面,有的在里面,在外面的部分要好一些。他的牙齿紧紧地叼着留给莉库的鹿肉,她现在没有骑在他的身上。珐浑身颤抖着,河水就在边上流淌,他不在乎样子是否滑稽了。他从头到尾仔细查看那根木头,注意到水流的内侧有一块较宽的区域,那里原先是一根树枝分叉的地方,于是他走回到阶地上。他估测了一下距离,然后倾下身子,向前冲了过去。那根木头在他的脚下,滑溜溜的。它就像珐一样颤抖着,它向河的上方侧移,他只得向右边晃动身体来找回平衡。不知为何,他一直往下落去。他的脚全力踩在另一根木头上,它往下沉去,他趔趄了一下。他的左腿猛地往前一迈,他又起来了,而水流在他两个膝盖的地方冲刷着,比狂风还有力道,如冰姬们那般寒冷。他疯狂地跳跃着,趔趄一下,再跳起来,然后抓向岩石,向上攀爬,抓住顶部,把脸压在莉库的鹿肉上。他的双脚交错着往岩石上攀,直到感到胯部就要裂开了。他痛苦地让自己在岩石上转了个身,掉过头面对着珐。

他发现他的嘴里发出了一个声音,因为含着鹿肉,那声音变得高亢绵长,就像妮尔跑在树林里的那根木头上时所发出的声音。他沉默了,一抽一抽地喘息着。又有一根木头聚到那堆木头里了。它停在边上,碰撞着,水流冒出了泡沫,闪闪发着光。珐用双脚试探着这根木头。她小心翼翼地沿着它走在水面之上,双腿分开,两只脚各站一根木头。她来到他躺着的那块岩石上,然后攀爬到他的身边,在喧腾的水声中,冲他大声嚷道:

"我没发出一点声音。"

洛克直起身,试着假装那块岩石并没有同他们一起在水面之上移动。珐估测了跳跃的距离,然后干净利落地落到了下一块岩石上。他跟着她,面对着这声响和新奇,他的脑子空空如也。他们边跳跃,边攀爬,直到登上一块顶部长有灌木的岩石,珐躺了下来,手指插进泥土里,而洛克耐心地在一旁等待,双手里都是鹿肉。他们已经上了小岛,在他们的两边,瀑布奔腾,像夏日里的闪电一样忽明忽暗。这里同时还有一个新的声响,是小岛远端主瀑布的声音,那声音比之以往离他们更加接近。它无与伦比。甚至连他们那尚未被较小的瀑布覆盖住的声音都被一扫而光。

　　不久,珐坐起来。她向前走了走,直到她可以看到小岛的底部,洛克走到她的身边。脚是分开的,在脚踝的地方,一缕缕的水烟向里面被吞噬着,所以它们只留下了一条往下的狭窄通道。洛克蹲伏下来,探着身子看了过去。

　　藤蔓和树根,裸露的泥土,以及崎岖不平的岩石上面的隆起——那悬崖向前倾着身子,所以它那装饰有山毛榉的顶部能直直地看着下面的小岛。那些已经下落的岩石依然堆靠在悬崖的底部,它们通体黝黑,总是湿漉漉的,同树叶和悬崖所发散出的灰白色光芒形成了反差。顶部依然有树木生长着,尽管它们的根部被岩石损毁了大半,已然身陷绝境。尚残存的根部扎进瀑布口的缝隙之中,或者向下缠绕在悬崖之上,或者光秃秃地裸露在潮湿的空气中。水在两边涌出泻下,冒着泡沫,闪着光芒,那坚实的大地也在战栗。月亮,几近圆满,正对着悬崖高高地挂在空中,而那火堆在小岛的最深处闪烁着。

　　两个人面对着令人眩晕的高度,未做评论。他们探出身体,在悬崖的壁面上寻找一条通道。珐顺着崖边往下滑,她蓝色的影子比她的身躯更加清晰可见,她的双脚在下,双手在上,攀附在那些树根和藤蔓上。洛克跟在后面,牙齿又一次叼起鹿肉。一旦有机会,他就会眯着眼睛看向那火光。他感到一种巨大的冲动,要尽快赶到它的边上,仿佛它的近旁有某种疗伤之物可以化解他的痛苦。这疗伤之物不仅仅是莉库和小家伙。那些有着很多画面的新人就像水一样,一方面恐吓着,但与此同时又挑战着、诱引着一个男人去接近它,他朦朦胧胧地意识到这种吸引力,但是说不清道不明,这让他显得很是愚蠢。他发现自己正站在一个巨大的断根的一端,四周是一汪流水,光芒闪闪、瓮声瓮气。那个树根随着他的重量来回摇晃着,鹿肉扑打着他的胸部。他不得不跳到侧面纠缠在一起的树根和藤蔓上,这才能继续跟上珐。

她在前面带路,越过了岩石,然后进入了小岛的树林之中。这里没有什么地方可以称之为小径。那些其他人在践踏过的灌木丛中留下了气味,这就是全部了。珐不假思索地跟着那些气味。她知道那火堆一定在另外一端,但是如果要说为什么这样,她可能就得停下来,同那些画面较劲,把双手放在脑袋上。有很多鸟栖息在这小岛上,它们憎恶人类,所以珐和洛克格外小心地移动着。他们不再对新的气味加以直接关注,而是调整好自身,尽最大可能地在穿过树林时,产生最小的声响和干扰。他们忙碌地互相分享着各自的画面。在丛林遮盖之下,几乎是彻底的黑暗,他们借助夜光观看事物;他们绕开目不能见的地方,抬起攀附着的藤蔓,松开覆盖着的荆棘丛,然后侧着身子钻过去。不久,他们可以听到那些新人了。

他们也可以看到那火堆了;准确地说,他们看到的是火堆的反光和闪烁。那火光让整个小岛的其他部位黑得无法穿透。火光也笼罩住了他们的夜光,所以他们放慢了脚步。那火堆较之以前变得更大了,它的四周围着一圈新树叶,它们是淡绿色的,仿佛后面透着阳光。人们发出了一阵有节奏的声响,就像心跳的声音一样。珐在洛克面前站起身,变成了一道厚重的黑影。

在小岛这一端,树木很是高大,灌木则占据着中间部位的空地,所以还是留下了一些地方可以穿梭其中。洛克跟在她的身后,来到紧挨着火光边缘的一棵灌木之后,他们曲着膝盖,勾起脚趾,随时准备逃跑。他们刚好可以看到新人们选择的那块开阔空地。一下子,要看的事物太多了。首先,那些树木已经重新组织了自身。它们已经蜷伏下来,它们的树枝编织在一起,在火堆的两边形成了黑暗的洞穴。那些新人坐在洛克和火光之间的地面上,没有两个人的脑袋是一个形状的。它们被推向两边塞进犄角里,或者像松树一样旋转起来,或者是又圆又大的。越过火堆,他可以看到那堆等待被燃烧的木头的末端,虽然它们沉沉地躺在那里,但火光似乎在让它们移动。

就在这时,不可思议地,一头发情的雄鹿在树干边吼叫起来。那声音非常刺耳,激烈凶猛,充满了痛苦和欲望。这是所有雄鹿中最伟大的那一头所发出的声音,这世界对他来说已经不够宽广了。珐和洛克紧紧地抓住对方,凝视着那堆木头,脑子里没有画面。新人们弯下身子,所以他们的形状改变了,他们的脑袋被遮住了。那头雄鹿此时出现了。他用两条后腿轻快地跳动着,两条前腿则向两边分开。他那长着鹿角的头出现在树叶之中,他在向上观望,目光越过了那些新人,越过了珐和洛克,然后他的头开始左右摇摆。雄鹿转过了身子,他们看到他的尾巴完全没有生气,耷拉在两条苍白无毛的腿上。他长有手。

在其中一个洞穴里,他们听到小家伙喵喵的叫声。洛克在灌木后上蹿下跳了起来。

"莉库!"

珐捂住了他的嘴,并把他按住,让他别动。那头雄鹿停止了舞蹈。他们听见莉库在叫喊。

"我在这儿,洛克。我在这儿!"

突然传来一阵喧嚣的笑声,还有鸟叫的啁啾婉转嘤咛声,各种各样的声音,大喊大叫,一个女人尖叫着。那火堆突然发出嘶的一声,白色的水蒸气冲天而出,火光暗淡了下去。那些新人快速地跑来跑去。空气里弥漫着愤怒和恐惧。

"莉库!"

那头雄鹿在微弱的光线中剧烈地摇晃着。珐拖拉着洛克,冲着他嘟哝。那些人回来了,手里拿着木棍,有的弯曲,有的笔直。

"快!"

一个男人野蛮地击打着右边的灌木。洛克向后荡起他的手臂。

"这食物是给莉库的!"

他把鹿肉扔进了空地里。那鹿肉落在那头雄鹿的脚边,雄鹿向它低下头。洛克仅有时间看那雄鹿一眼,珐开始拉拽他,弄得他跟跄起来。新人们的喧嚣声渐渐隐去,变成了一系列有目的的叫喊、提问和回答,以及命令——燃烧着的树枝穿梭在空地上,一片片春天的树叶随着火花跳动然后又消失不见。洛克低下脑袋,双脚踩在软土上向前猛冲。离他头顶很近的上方,传来嘶的一声,就像突然的吸气声。珐和洛克在灌木丛中变转方向,脚步放慢下来。他们开始使用他们神奇的敏锐灵巧性,来应对那些荆棘和树枝;但是这一次,洛克从珐身上以及她沉重的呼吸声中嗅出了一种绝望的神情。他们往前奔突着,那些火把在他们身后的树下闪耀着光芒。他们听到那些新人呼唤着彼此,并且在树下的植物里弄出巨大的声响。这时候,一个单一的声音大声叫了起来。踩踏停止了。

珐在湿漉漉的岩石上摸索着。

"快! 快!"

他只能勉强听到她的声音,因为串串闪闪发光的水流在轰鸣作响。非常顺从地,他跟在她的身后,对她的速度感到讶异,但是他的脑子里没有画面,除了雄鹿跳舞的毫无意义的画面。

珐冲上悬崖口,躺在自己的影子里。洛克等待着。她冲着他喘气。

"他们在哪儿?"

洛克向下面的小岛上张望,但是她打断了他。

"他们在往上爬吗?"

悬崖下方一半的地方,一个树根因为她刚才的拉拽正在缓缓地晃动着,悬崖的其他部位都一动不动,静静地看着月亮。

"不!"

他们静默了一会儿。洛克又注意到了水流的声音,此时它竟变得如此响亮,以至于他无法透过它说话。他慵懒地臆测着他们是否分享了一些画面,或者用他们的嘴交谈过,就在这时候,他察觉到他脑袋和身子都发沉起来。这一点毋庸置疑。这感觉同莉库相连在一起。他打着哈欠,用手指擦了擦他的眼窝,然后舔了舔嘴唇。珐站起了身。

"来!"

他们在小岛上方的山毛榉丛中快速小跑着,从一块石头跳上另一块。那根木头把一些其他的木头聚拢在一起,它们紧挨着彼此,数量比一只手上的手指还要多,它们和这一边河面上漂浮的东西缠绕在一起。河水在它们中间喷射,在它们上方漫溢。它就像穿越树林的那个小径一样宽阔了。他们一言不发,非常容易地来到了阶地上。

从突岩那里传来一阵扭打的声音。他们迅速奔跑过去,那两只灰白色的鬣狗逃走了。朗月透彻地照进突岩里,甚至那些凹陷处都被照亮了,唯一黑暗的地方是掩埋马尔的那个地洞。他们跪下来,把泥土、灰烬和骨头重新扫回,覆盖住马尔裸露在外的身体部位。现在地面不再隆起成一个小堆,而是和最高一层的炉膛齐平了。依然一言不发,他们滚过来一块石头,守卫着马尔的安全。

珐咕哝着。

"他们没有奶水怎么喂养小家伙?"

接着,他们搂住彼此,胸部靠着胸部。他们周围的岩石和任何其他的岩石一样,火光已经从它们中间消失了。这两个人紧紧地靠在对方怀里,他们依偎着,寻找着一个中心,他们躺下身,依然面对着面相互依偎着。他们身体内的火点燃了,于是他们搂得更紧了。

七

　　珐把他推向一边。他们同时站了起来,环视突岩的四周。破晓时分的阴冷空气裹挟着他们。珐走到凹陷处那里拿回来了一根几乎没有肉的骨头,以及一些鬣狗们没有够着的碎肉。他们又变得红润起来,铜红色的,因为夜晚的蓝色和灰白色已经离开了他们。他们什么也没说,捡起那些碎肉,一起分享着,满怀激情地怜惜着彼此。不一会儿,他们在大腿上擦了擦双手,然后走到河边喝了水。他们依然一言不发,也没有画面可以分享,只是向左边转身,前往悬崖所在的那个角落。

　　珐停下来。

　　“我不想看。”

　　他们一起转过身,望着那空荡荡的突岩。

　　“当火从天空落下或者在石楠丛中醒来的时候,我会取到它的。”

　　洛克揣摩着火的画面。除此之外,他的脑子里一片空无,只有那起起伏伏的情感,深沉而笃定,在他的内心彰显着。他开始朝着阶地另一端的那些木头所在的地方走去。珐抓住了他的手腕。

　　“我们不应该再到那个小岛上去。”

　　洛克正视着她,抬起了双手。

　　“一定得为莉库找到食物。那样她回来的时候,才会强壮。”

　　珐深沉地看着他,她脸上有一些他无法理解的东西。他向边上迈了一步,耸耸肩,用手比画了起来。然后他停下来,焦急地等待着。

"不!"

她抓住他的手腕,拖拽着他。他奋力反抗,嘴里说个不停。他不知道他说了些什么。她停下来,再次面对着他。

"你会被杀死的。"

他们彼此停顿了一下。洛克看看她,然后看看那小岛。他挠了挠左边的脸颊。珐走近他。

"我想要孩子,他们不会死在海边的巢穴里。那里会有火堆。"

"莉库会有孩子的,当她成为一个女人的时候。"

她再次放开了他的手腕。

"听着。别说话。那些新人拿走了那根木头,然后马尔死了。哈在悬崖上,一个新人也在悬崖上。哈死了。那些新人来到突岩里。妮尔和老妪死了。"

110

她身后的光线更加强烈。在她头顶上方的天空里出现一片红晕。她在他的视野里增大。她就是真正的女人。洛克冲着她摇摇头,非常谦卑。她的话语让情感升腾起来。

"当那些新人把莉库带回来的时候,我会很高兴的。"

珐发出一声高亢的怒吼,她朝着水边迈了一步,然后又返回来。她抓住他的双肩。

"他们如何给小家伙奶喝?一头雄鹿能出奶水吗?如果他们不把莉库带回来会怎么样呢?"

他脑子空空的,谦卑地回答道:

"我没有看到这个画面。"

她生气地离开了他,转过身去,站立着,一只手放在角落里,悬崖就是从此处开始的。他可以看到她的毛发是如何竖立起来的,以及她肩膀上的肌肉是如何抖动的。她弯着腰,向前探着身子,右手放在右膝上。他听到她冲着他咕哝,但依然背对着他。

"你的画面比小家伙都要少。"

洛克把双手的掌根放在两只眼睛上,按压着,点点光芒像河水一样在它们里面闪烁起来。

"一个晚上还没有过去。"

的确是那样。夜晚应该占据的地方一片灰白。不仅他的两只耳朵和鼻子已经醒来了——它们之前是睡在一起的——同样醒来的还有它们里面的洛克,他正在看着那情感涨起,落下,又涨起。他脑袋上的骨头里塞进了秋季地锦的花絮,它们的籽钻进了他的鼻子,让他打起了哈欠和喷嚏。他把两只手分开,冲着珐刚才站立的地方眨巴着眼睛。现在她已经回到了这一边的岩石之上,绕着它向河的方向张望着。她的手在召唤。

那根木头又出来了。它离小岛很近,同样是那两个骨头脸分坐在两端。他们在挖掘着水,于是那根木头就侧着身子横在河面上。当它离岸边以及浓密的灌木丛很近的时候,它直直地钻进水流里,而那两个男人也停止了挖掘。他们仔细地观察水边那棵死树所在的空旷地带。洛克可以看到其中一个人是如何转身并且对另一个人说话的。

珐碰了碰他的手。

"他们在寻找某种东西。"

那根木头舒缓地向下游漂去,水流同太阳一起在慢慢地上升。河远端的流域有如冲天的火焰在燃烧,因而有那么一段时间里,两岸的树林在对比之下显得黑暗异常。那些新人难以言说的吸引力让花絮远离了洛克的脑袋。他忘记了眨眼。

那根木头变小了,向下渐渐漂离了瀑布。当它变歪的时候,坐在后面的男人就会重新挖掘起来,然后那根木头就会在洛克的眼睛里再次呈现出笔直的一条线。那两个男人,总是侧着身子向岸边看去。

珐咕哝道：

"还有另外一根木头。"

小岛岸边的灌木忙碌地摇晃了起来。它们分开了一会儿，因为现在洛克知道该往哪里看了，所以他可以看到另外一根木头的一端隐藏在那里。一个男人从绿色的树叶中间探出脑袋和肩膀，同时愤怒地挥动着一只胳膊。那根木头上的两个男人开始迅速挖掘，直到它往上移到那个在死树对面挥手的男人那里。现在他们不再看向那棵死树了，而是看着那个男人，冲着他点了点他们的脑袋。那根木头把他们带到他的身边，然后挪到了灌木的下面。

好奇心让洛克无法自拔；他开始朝着那通往小岛的新路上跑去，他是如此兴奋，珐都分享到了他的画面。她再次追上他，一把抓住他。

"不！不！"

洛克叽里咕噜地叫起来。珐冲着他大声嚷。

"我说'不'！"

她手指着突岩。

"你说过什么来着？珐有很多的画面——"

终于他安静了，然后等待着她发话。她郑重地说：

"我们该到下面的树林里。为了食物。我们将会隔着河看他们。"

他们跑下斜坡，离开了河边，让岩石挡在他们和那些新人的中间。在树林的外围有食物；刚露出一点绿色的球茎，树蛆和嫩枝，菌类，还有某些种类的树皮那柔嫩的内里。母鹿的肉还在他们的体内，所以他们不饿，至少还没有达到像人们会称之为饥饿的那个程度。他们可以吃，如果有食物的话；但是如果没有，他们今天也可以轻松应付,明天还没有,他们也可以忍住。正因为此,他们搜寻食物时并不迫切,于是很快那些新人的诱惑就再次把他们吸引到水边的灌木丛里。他们站住身,脚趾扣在泥沼里,透过瀑布的声音听着那些新人的动静。一只早于时令的苍蝇在洛克的鼻子上嗡嗡叫着。空气很温暖,太阳柔和而明亮,他又打起了哈欠。接着,他听到新人们在谈话,发出了像鸟叫一样的声音,还有其他一些难以解释的声响,撞击声,嘎吱嘎吱的声音。珐悄悄地潜到那棵死树边上开阔地的边缘,然后躺下。

河的对面什么也看不到,但是那撞击声和嘎吱嘎吱声还在继续。

"珐。爬到那个死树干上面,去观察。"

她转过脸,将信将疑地看着他。就在那一瞬间,他意识到她准备要说不了,准备要坚持他们得走得远远的,避开那些新人,并且在他们和莉库之间设置一个巨大的时间鸿沟;而这变成了一个不可容忍的想法。他悄然而迅速地手脚并用往前面潜去,然后跑上那棵死树被遮挡住的一边。不一会儿,他就钻过了缠绕在满是灰尘、幽幽暗暗、酸臭扑鼻的藤蔓之间的乱糟糟的树顶。他几乎还没来得及把他四肢中的最后一个抬到树空心的顶部里,珐的脑袋就在他身后钻了出来。

那树的顶部像一个巨大的空空如也的橡子壳。它是白色的,柔软的木质,因为其自身的重量而下陷并发霉,现在到处都是食物。藤蔓上下布开,纠缠成黑乎乎的一团,他们仿佛是坐在地面上的一棵灌木上一样。其他的树木都比他们高,不过朝着河水以及小岛上绿色植物的方向有一片敞开的天空。他小心翼翼地分开树叶,仿佛正在寻找鸟蛋一样。洛克发现他可以做出一个小洞,同他的眼睛一般大小;尽管那小洞的边缘会微微地移动,他还是可以看清河水还有河岸,它们变得更加明亮,因为小洞周围环绕着深绿色树叶——仿佛他拢起了他的双手,然后从它们中间看透出去。在他的左边,珐也在为自己做一个观察点,橡子壳的边缘甚至为她提供了一处可以放置手肘的地方。沉重的情感压向他的心底,每当他可以看到新人们的时候,他总是这样。他放纵地放松了整个身子。一时间,他们突然忘了其他所有的一切,静谧将他们笼罩。

那根木头从小岛边上的灌木丛里慢慢滑出来了。那两个男人小心地挖掘着,然后木头转过了身子。它并没有指向洛克和珐,而是朝着上游,尽管它穿过河水,奔着他们而来。在那根木头的空心里多了许多新东西:有状如石块向外突起的皮囊;有各种各样的木棍,从没有树叶或树枝的长杆子,到正在凋萎的绿色枝条。那根木头走近了。

终于,他们在阳光下,面对着面,看到了那些新人。他们奇特得令人难以理解。他们的头发是黑色的,以最出人意料的方式生长着。那个位于木头前端的骨头脸长着松树一样的头发,笔直地竖着,于是他的脑袋——本身就太长了——被向外拉出,仿佛某种力量在毫无怜悯之情地把它往上拽。另一个骨头脸的头发长在一颗灌木般的硕大脑袋上,它竖立着四散开来就像那棵死树上的藤蔓一样。

他们身体腰以上的部位、肚子上,以及腿的上端,都长着浓密的毛发,于是他们身体的这一部分要比其他地方粗壮一些。然而,洛克并没有立即看向他们的身体;他深深地、无法自拔地被他们眼睛周围的东西吸引了。他们眼睛的下面放置了一块白色的骨头,安得紧紧的,在那原本是他们宽阔的鼻孔应该出现的地方,是一些狭窄的缝隙,在这些缝隙之间,那骨头向外拉出,变成一个尖点。在此之下,一道缝隙出现在嘴的上方,而他们的声音就是从其中呼扇而出的。在这个缝隙的下方有一小撮黑毛冒了出来。那脸上的两只眼睛,透过这骨头向外张望着,显得黝黑而忙碌。它们的上方有眉毛,比嘴巴或者鼻孔要细薄一些,是黑色的,向外向上卷曲着,因而这些男人看起来凶神恶煞,好似那大黄蜂一般。在他们脖子的周围,悬挂着一排排的牙齿以及海贝壳,就在他们灰白色的、毛茸茸的皮肤之上。在眉毛的上方,那骨头凸起然后向后面掠去,隐藏在毛发之下。随着那根木头来到更近的地方,洛克可以看到那颜色并不像骨头那样白并且还闪闪发光,而是暗淡许多。它更像是大型菌类的颜色,像人们所吃的菌耳,并且质地上也同它们相似。他们的腿和胳膊都细得像木棍,所以关节的部位就好像是小树枝上的节点一般明显。

现在洛克正在观察那根木头的里面,发现它比以前要宽阔得多;事实上,它是两根木头并排地行在一起。木头里面有更多一捆一捆的东西,以及奇形怪状的东西,还有一个男人侧着身子躺在它们中间。他的身子、骨头和其他人的一样,但是他的头发在脑袋上长出了一大群密集的尖点,闪烁着光芒,看起来就像栗子壳上的尖刺一样坚硬。他正在其中一个尖树棍上忙活着什么,他那弯曲的树棍放在他的身边。

那两根木头侧着身子直直地插进了岸边。那个坐在后端的男人——洛克视之为"松树"——轻轻地说着话。"灌木"放下了他的木树叶,然后抓住了岸边的小草。"栗子头"拿起了他弯曲的树棍和树枝,猫着身子悄悄地穿过那两根木头,蜷伏在陆地上。洛克和珐几乎就在他的正上方。他们可以嗅到他独特的气味,一种海的味道,肉的味道,既令人胆寒,又让人兴奋。他离得如此之近,以至于随时有可能也嗅到他们的一切,毕竟他就在他们的下方,所以洛克突然之间抑制了他自己的气味,尽管他不知道他做了什么。他减少呼吸,直到它成为最浅层的那种,而那些树叶更加鲜活起来。

"栗子头"站在他们下方的光影里。那根树枝交叉着搭在那弯曲的树棍上。他绕着这棵死树左看看右看看,接着仔细查看着地面,然后又向前方看着树林的深处。他转过身,透过缝隙对船上的其他人讲起了话;言语轻柔呢喃;那白色在颤抖。

洛克感到了一个男人在把自己托付给一根不在此处的大树枝时的那种震惊。他在纷繁错乱的情感中,明白了马尔的脸、琭的脸,以及洛克的脸,都没有掩藏在那骨头的后面。它就是皮肤。

"灌木"和"松树"已经忙活了一番,他们用兽皮条把那两根木头同灌木连接在了一起。他们迅速地从那木头里走出来,向前奔去,很快就没影了。不久,传来了某个人用石头砸木头的声音。"栗子头"也悄悄地向前潜去,并藏身起来。

现在除了那两根木头以外,没有什么有意思的东西了。它们非常光滑,里面可以见到的地方光泽闪闪,而在外面有一些长长的污迹,就像海水退潮后留在岩石上被太阳晒干的白色印迹一样。它们的边缘是圆形的,在骨头脸们放置双手的部位有一些下凹的地方。它们里面的那些形状种类各异,数量繁多,实在是难以分辨。有圆形的石头、树棍、兽皮,还有一捆一捆的比洛克还要大的东西,还有鲜红的图形、长成活生生形体的骨头,那些棕褐色树叶被男人们手握的那些端头的形状有如棕褐色的鱼,还有种种的味道不一而足,还有一大堆问题,但是没有答案。洛克看着,但是什么也没看明白,那些画面分开,又聚拢在一起。河水的对面,小岛上没有动静。

琭碰了碰他的手。她在树里面转过了身子。洛克小心翼翼地学着她,他们为自己做出了监视洞口,从中窥探着下面的开阔地。

那熟悉的场景已然改变了。虽然,开阔地左边那乱糟糟的灌木以及一潭死水还是原来的样子,右边那无法穿越的沼泽也是原封未

动,但是,在原先小径穿过树林直达开阔地的那个地方,荆棘林长得
更加茂盛了。在这些灌木之间,有一道空隙,他们注视着,然后看到
"松树"从空隙中走来,肩上扛着另一根荆棘树。那树干整洁白亮,
带着尖头。在他身后的树林里,那砍削的声音在继续。

恐惧从珐的身上传来。它不是一个能分享到的画面,而是一种
总体的感觉,一个苦涩的味道,一阵死一般的寂静和备受折磨的关
注,一份纹丝不动和剑拔弩张的意识,这一切也开始在他的心里产
生同样的情感来。现在,较之以前的任何时刻都更加明显的是:有
两个洛克,一内一外。那个内在的洛克可以永远地看着。但是那个
外在的——他呼吸着、耳听着、鼻嗅着,并且总是醒着——并不能始
终如一,就像有另外一张皮在他的身上越裹越紧一样。它把它自身
对恐惧的认识,对危险的感知,在他的脑袋能够理解这个画面的很
久以前,都强加在他的身上。他比他以前生命中的任何时候都要害
怕,比那一次他碰到的情形还要让他害怕,当时他和哈一起蹲伏在
一块岩石上,而一只大猫就在一头被吸光了血的猎物边上踱来踱
去,并且向上看着,琢磨着他们是否值得它费点劲。

珐的嘴偷偷靠近了他的耳朵。

"我们被关在了里面。"

荆棘林散布开来。在通往开阔地的一条便道那里,它们长得很
茂盛;但是现在其他地方也有了,有两排扎在那潭死水和沼泽的旁
边。开阔地成了一个半圆,只有朝向河水的方向是敞开的。那三个
骨头脸从最后一个空隙里走了过来,拿着更多的荆棘树。他们用这
些荆棘树把身后的道路堵上了。

珐悄声在他的耳边说道:

"他们知道我们在这儿。他们不想要我们离开。"

不管怎样,那几个骨头脸无视着他们。"灌木"和"松树"走回

去了,那两根木头互相碰撞着。"栗子头"开始绕着那排荆棘林慢慢地走着,脸一直朝着树林的方向。一如既往,那根弯曲的树棍握在手里,一根树枝横搭在它的上面。那荆棘林深及他的胸部,当一头公牛在远处的平原上怒吼的时候,他僵住了,抬起脸来,手里的树棍松弛了一些。那些斑尾林鸽又谈起话来,太阳向下注视着死树的顶端,在这两个人身上喷着暖气。

有人在水里嘈杂地挖掘着,那两根木头碰撞起来。有木头的叩击声,拖拽声,还有鸟叫声;接着,又有两个人从树下来到开阔地上。第一个和其他的人一样。他的头发在脑袋顶上拢成一撮,然后分散开来,每当他移动时,它就会上下摆动。"一撮毛"径直走到荆棘林那里,然后向树林里张望着。他也拿着一根弯曲的树棍和一根树枝。

那第二个人同其他的人不一样。他的身形要宽一些、矮一些。他身体上的毛发非常浓密,脑袋上的则非常光滑,仿佛涂抹过油脂。毛发在他脖子后面堆起了一个圆球。他脑袋的前端没有头发,所以那张骨头皮的延伸段,在这像菌类一样苍白的区域面前深感气馁,就直接搭在他的两只耳朵上方。现在,还是第一次,洛克看到了那些新人的耳朵。它们很细小,紧紧地拧进了他们脑袋两侧。

"一撮毛"和"栗子头"都蹲伏了下来。他们从珐和洛克留下的脚印那里移开树叶和草片。"一撮毛"抬起头,说道:

"涂阿米。"

"栗子头"顺着脚印往前走,一只手向外伸展着。"一撮毛"对那个腰身很宽的男人讲话了。

"涂阿米!"

腰身很宽的男人从那堆让他忙碌的石头和树棍间转过身,看着他们。他吹出一声快速的鸟叫声,那声音细腻得非常不协调,而他们则听声应答。珐对着洛克的耳朵说：

"这是他的名字——"

涂阿米和其他人都弯着腰，在那些脚印的上方点着头。地面在通往那棵树的地方变硬了，而那些脚印也在这里消失不见了，就在洛克期待那些新人把他们的鼻子贴在地面上的时候，他们却直起了身子，站住了。涂阿米开始大笑起来。他手指着瀑布，一边大笑，一边叽叽喳喳地说着话。然后，他停住了，两个手掌重重地相互击打着，并说了一个词，接着他回到那堆石头和木棍那里。

仿佛那个词已经改变了开阔地，那些新人开始放松下来。尽管"栗子头"和"一撮毛"还在盯着树林，但是他们是站着身子的，每个人守住开阔地的一侧，越过那些荆棘张望着，手里的树棍松弛着。"松树"有一阵子没有移动任何一捆东西了；他把一只手放在他的肩膀上，拉开一块兽皮，然后从他的皮肤里走了出来。这让洛克感到疼痛万分，好像看到指甲里面的一根刺一样；可是，接下来他却看到"松树"毫不在意，事实上很是开心：在自己白色的皮肤里，他很是恬静舒适。他现在像洛克一样裸露着身子，除了他有一块鹿皮紧紧地围在他纤细的腰部和裆部。

现在洛克可以看到两件事情。那些新人的身体移动，同他之前所见的任何事物都毫不相似。他们腿的上部分支撑着身体的平衡，他们的腰部像黄蜂般纤细，以至于当他们移动的时候，他们的身躯就前后摇摆起来。他们没有看向地面，而是直直地盯着前方。并且他们也不仅仅只是饥饿。洛克一眼看去，就会知道什么是饥馑。那些新人快要死了。他们的肌肤下陷到骨头之上，就像马尔的肌肤曾经下陷的那个样子。他们的移动——尽管他们身体里还有年轻树枝的那种屈伸的优雅——慢得像是在做梦。他们直起来行走，他们就会死去。仿佛某种洛克无法看见的东西正在支撑着他们，托起他

们的脑袋,把他们缓缓地、无法抗拒地向前抛去。洛克知道如果他
也像他们那么纤细的话,他可能早就死了。

"一撮毛"已经把他的皮肤扔在了死树下,此时正用力地托着
一捆巨大的东西。"栗子头"迅速赶过来帮忙,他们一起将重物举
了起来。洛克看到当他们冲着彼此大笑的时候,他们的脸皱了起
来,突然之间他对他们产生了一阵喜爱之情,他体内那沉重的感觉
也被按压了下去。他可以看到他们是如何分担那重量的,自己的四
肢也感到了那吃力的行进和绝望的努力。涂阿米回来了。他脱下
他的皮肤,伸展了一下,挠了挠自己,然后跪在地面上。他把地上的
树叶扫开,棕褐色的泥土显露了出来。他右手拿起一根小木棍,然
后对其他人说着话。大家不住地点头。那两个木头碰撞着,水边传
来了喧闹的声音。开阔地上的男人们停止了谈话。"一撮毛"和
"栗子头"又开始围着那些荆棘移动起来。

这时候,又一个新人出现了。他个子很高,并且不像其他人那
样纤细。他嘴巴下面以及脑袋上面的毛发,像马尔的一样,灰白相
间。它卷成一个云团,在其之下,每个耳朵上都垂着一颗巨型的大
猫牙齿。他们看不到他的脸,因为他是背对着他们的。在他们的脑
子里,他们称他为老翁。他站着,向下看着涂阿米,他粗哑的声音俯
冲下来,颤颤巍巍。

涂阿米做出了更多的标记。他们参与了进来;这时候,洛克和
珐突然分享了一个老妪在马尔身体四周画线的画面。珐向洛克眨
了眨眼,然后用一根手指向下做出了一个细小的刺戳动作。那些不
在守岗的人聚拢在涂阿米的周围,彼此说着话,也对那老翁说话。
他们的手势不多,表达意思时,也不需洛克和珐可能会用到的舞蹈,
只见他们薄薄的嘴唇启启合合,上下翻飞。那老翁用他的胳膊做了
一个动作,然后对着涂阿米弯下了腰。他向他说了些什么。

涂阿米摇了摇头。那些男人从他身边稍稍退开了点，然后坐成一排，只有"一撮毛"还在守岗。琅和洛克的目光越过他们那一排毛茸茸的脑袋，注视着涂阿米的一举一动。涂阿米攀到那片地块的另一端，于是他们可以看清他的脸。在他的两条眉毛之间有一些竖直的线条，而他的舌尖在他画线的时候，随着它移动着。那排脑袋又开始叽叽喳喳起来。一个男人捡起一些小树棍，并把它们折断。他把它们捂在手里，其他的每一个人都各自从他那里拿出一根。

涂阿米站起了身，走到一捆东西前，从中抽出一个皮袋子。那里有石块和木头，还有各种形状的东西，他把它们安放在地面的标记上。接着，他在那些男人的面前蹲伏了下来，蹲在他们和那标记好的地块中间。随即，那些男人嘴里发出了一种声响。他们双手互相击打着，强烈的拍掌声伴随着那声响。那声响忽而横扫一切，忽而直冲而下，忽而又婉转迂回，但是总是维持着同样的形状，就像瀑布脚下的那些小圆丘，它们不停地冲刷着流水，然而总是守在原处，分毫不改。洛克的脑袋开始被那瀑布填满了，仿佛他已经注视它太长时间而昏昏欲睡。看到新人们互相喜欢，他皮肤上的勒紧感稍微舒缓了一些。白色花絮又重新回到他的脑子里，拍掌声在继续，呱唧！呱唧！

就在树下，那头发情的雄鹿撕心裂肺地吼叫着。白色花絮离开了洛克的脑袋。那些男人弯着身子，直到他们发型各异的脑袋扫到了地面。那头雄鹿中的雄鹿跳跃着冲了出来，进入到开阔地当中。他奔向那排脑袋，跳到那些标记的另一侧，然后转过身站住不动。他又吼叫了起来。接下来，开阔地里一片寂静，其间只有那些斑尾林鸽在相互交谈的声音。

涂阿米变得忙碌起来。他开始往那些标记上扔东西。他抢步上前，做出了一些重要的举动。那片光秃的地块色彩斑斓，上面有秋叶的颜色、红莓的颜色、白霜的颜色,以及火焰在岩石上留下的那沉闷的黑色。那些男人的头发依然贴在地面上,他们一言不发。

涂阿米坐了回去。

那已经把洛克的身体裹紧了的皮肤变得像寒冬一般冷峭。开阔地上还有另一头雄鹿。它位于原先那些标记所在的地方,平平地躺在地上;它在奔突着,但是正如那些男人的声音和瀑布下的流水一样,它待在了原地。它的那些色彩是属于交配季节的,不过它很肥硕,它那两只小黑眼睛透过藤蔓监视着洛克的眼睛。他感到被抓住了,于是他在柔软的木头上蜷缩起身子,木头上的那些食物轻快地移动着,并胳肢着他。他不想看了。

珐抓住他的手腕,又把他拉了起来。心怀恐惧,他把他的眼睛凑到树叶上,回看着那头肥硕的雄鹿;但是它被遮掩了起来,那些男人正站在它的前面。"松树"左手里握着一根木头,那木头被磨得很光滑,在其远端有一根树杈凸伸出来。"松树"的一根手指沿着这根树杈拉伸。涂阿米站在他的对面。他抓住那木头的另一端。"松树"正在对着那头站立的雄鹿和那头平躺的雄鹿说话。他们可以听到他在恳求。涂阿米把他的右手举向空中。那头雄鹿吼叫起来。涂阿米狠狠地击打了一下,突然间一块闪闪发光的石头嵌入了那木头之中。"松树"站立不动,时间过了一刻,或许两刻。然后他小心翼翼地把他的手从那磨得很光滑的木头上移开,而一根手指依然在那树杈上向外伸着。他转过身,要回去和其他人坐在一起。他的脸较之以前更加像骨头了,他非常缓慢地移动着,还打了个趔趄。其他人上前扶起了他,然后帮他在他们的中间坐了下来。他一言不发。"栗子头"拿出一些兽皮,把他的手绑了起来,那两头雄鹿等待着,一直到他完事。

涂阿米把那个木头东西翻转过来,手指还留在那里,然后放了

下去,发出扑通一声轻响。它压在那头颜色像狐狸一样红的雄鹿身
上。涂阿米又坐了下来。有两个男人用手臂环抱着"松树",他的
脑袋一直转向一边。此时,一片无边的寂静袭来,瀑布声听起来更
近了。

"栗子头"和"灌木"站了起来,走到那头躺倒的雄鹿近旁。他
们一手握着弯曲的树棍,一手拿着带红色羽毛的树枝。那头站立着
的雄鹿挥动着他男人一样的手,仿佛在他们身上扑撒着什么东西,
然后他探出身子,用一片蕨叶触碰着他们每一个人的脸。接着,他
们对着地上的雄鹿俯下了身子,胳膊向下伸展,而右肘在身后抬起。
然后,只听见"扑哧""扑哧"的两声响,两根树枝就插在那头雄鹿的
心脏部位了。他们弯下腰,把树枝拔出来,而那雄鹿动也不动。坐
着的男人们拍打着他们的双手,一遍遍地发出抽水泵的声音,直到
洛克开始打哈欠、舔嘴唇。"栗子头"和"灌木"站着,手里依然拿
着他们的木棍。那雄鹿吼叫了起来,那些男人弯着腰,把他们的头
发贴在了地面上。那雄鹿又开始舞蹈起来。他的舞蹈使那些喧闹
的声音得以延长。他走近了一些;他从树下经过,然后消失了,而那
些声响也停止了。在他们的身后,在那棵死树和河水之间,那头雄
鹿再次吼叫起来。

涂阿米和"灌木"迅速地跑到横穿小径的荆棘丛那里,并把其
中一棵拉到一边。他们分别站在开口处的两边,向后拉拽着,洛克
看到现在他们的眼睛都是闭着的。"栗子头"和"灌木"轻轻地向前
潜行,他们弯曲的树棍抬起着。他们穿过开口处,悄无声息地消失
在树林之中,然后涂阿米和"一撮毛"让荆棘丛直了回去。

太阳已经移动了,涂阿米的那头雄鹿在那棵死树的树荫里散发
着气味。"松树"也坐在这棵树下,浑身微微颤抖着。那些男人开

始在梦一般怠惰的饥饿里缓慢移动起来。那老翁从死树下面走了出来，对涂阿米说话。现在他的头发紧紧地系在脑袋上，太阳的光点在它的上面滑落开去。他走向前，然后向下看了看那头雄鹿。他伸出一只脚，在那雄鹿的身上到处磨蹭着。那雄鹿毫无反应，就这样让自己被掩藏。时间过了一刻，或许两刻，地上除了一块块的色彩以及一个长有一只很小眼睛的脑袋外，就空无一物了。涂阿米转过身子，自言自语一番，然后走到一捆东西前翻寻起来。他拿出一根枝状的骨头，它的一端厚重并起了皱，就像牙齿的表面，另一端已经磨细变成了一个钝点。他跪倒在地，然后开始用一块小石头磨那个钝点，洛克可以听到刮擦的声音。老翁走到他的近旁，指了指那块石头，山呼海啸般地大笑起来，然后假装把什么东西插进自己的胸部。涂阿米低下脑袋，继续磨着。老翁指了指河水，接着又指了指地面，然后开始长篇大论起来。涂阿米把那骨头和石块插进他腰部的兽皮里面，站起了身，然后从死树下走过，在视线中消失了。

老翁停止了讲话。他小心翼翼地坐在位于开阔地中央附近的一捆东西上。那雄鹿长有一只很小眼睛的脑袋就在他的脚下。

珐对着洛克的耳朵说：

"他先走开了。他害怕另外一头雄鹿。"

洛克的脑子里立刻有了一个生动的画面：那头刚刚舞蹈过、吼叫过的站立着的雄鹿。他摇了摇头，表示同意。

八

珐极其小心地移动了一下自己的位置,然后又安定下来。洛克的目光瞥向一边,看到她红色的舌头挤过她的两片嘴唇。片刻的停顿把他们连接在一起,一瞬间里,洛克看到了两个珐,她们渐行渐远,唯有巨大的坚实性才能让她们重新整合。此时藤蔓的里面全是飞来飞去的东西,它们低沉地鸣叫着,有的落在他的身体上不动了,于是他的皮肤在抽动着。一块块阳光和树干之间的那些阴影疏离了出去,然后下沉,直到太阳来到一个不同的高度。马尔或者老妪的那些奇怪的话语连同着画面纷至沓来,其中还混杂着那些新人的声音,最后他几乎无法分清谁是谁了。几乎不可能是他们下面的老翁在用马尔的声音说话,马尔的声音属于夏日的土地,在那里太阳像火堆一样温暖,水果全年成熟,也不可能是突岩像它如今那般同荆棘丛以及开阔地上那一捆捆的东西混合在一起。这如此令人讨厌的感觉已经下沉了,并且像一个小池塘般散布开来。洛克差不多已经习惯于此了。

他的手腕处隐隐作痛。他睁开眼睛,烦躁地向下面看去。珐的手指箍住了他的手腕,它们两边的皮肤都痛苦地堆了起来。这时候,他非常清晰地听到小家伙在喵喵叫。那些新人鸟叫一样的声音以及亢奋的大笑声被提到了一个新的高度,仿佛他们全都变成了小孩子。珐在树里向河水的方向转动着身子。一时间里,洛克躺在那里,困惑不已,因为阳光,也因为他分不清那些新人到底是出现在他的梦幻里,还是就在清醒的眼前。接着,小家伙又喵喵叫了起来。于是洛克也同珐一起转过了身子,透过树叶向河水那里张望着。

那两根木头中的一根向岸边移去。涂阿米坐在后面，挖掘着，木头的其他部位上全是人。那些人是女人，因为他可以看到她们裸露着的干瘪乳房。她们比那些男人要矮小许多，并且她们的身体上的皮毛要少一些。她们的头发较之于那些男人，不那么令人诧异，也要随意一些。她们的脸皱巴巴的，也非常的瘦小。在涂阿米和那些一捆捆的东西以及这些皱巴巴的女人之间，坐着一个生物，它紧紧地吸引住了洛克的眼睛，以至于他几乎没有时间去观察其他人。那也是个女人，她的腰部围着闪闪发光的皮毛，向上升起，把两只胳膊都圈了起来，并在她的脑袋后面形成了一个小袋。她的头发黝黑发亮，像花瓣一样，整齐地梳理在她那骨白色脸的周围。她的双肩和乳房是白色的，相形之下，白得触目惊心，小家伙正在它们的上面挣扎着。他努力想要避开水面，再爬到她的肩膀上，进入到她背后的那个皮毛小袋里，而她一直大笑着，她的脸皱了起来，嘴张开着，于是洛克可以看到她那奇怪的白牙。真是目不暇接，他又变成了眼睛，记录着他现在无法明白的事情，也许以后他会记起这些的。那女人比其他的要胖一些，就像那老翁曾经要胖一些一样；但是她并不像他那样老，并且，她的两个奶头尖上还挂着奶水。小家伙抓住了她闪亮的头发并把自己拉上去，而她则试图把他拖下来；她的脑袋侧向一边，脸向上抬起着。那大笑声响起了，有如椋鸟的魅音。那根木头在下面慢慢滑过，都在他观测孔的范围之内，洛克还听到了那些灌木在岸边叹息。

他转过身看着珐。她的脸上带着静止了的大笑，她在摇着头。她看着他，他看到她的两只眼睛里噙满了水，随时都可能溢出，流进她的眼窝里；她停止了大笑；她的脸皱了起来，直到看上去她似乎正在忍受着她的侧身里扎进的一根长刺。她的两片嘴唇合在一起，分开，尽管她没有发出声息，但是他知道她已经讲了那个字。

"奶——"

那大笑声渐渐变弱了,随之而来的是一阵嘈杂的话语声。还有一些物体从那根木头里抬出并被扔到岸边时发出的重重响声。洛克在藤蔓里又鼓弄出另外一个洞,然后向下面看去。他知道在他身边的珐也在这样做。

那个胖女人已经让小家伙安静了下来。她站在河水边,他正在吮吸她的乳房。其他的那些女人来来回回地走着,拉拽着一捆捆的东西或者打开它们,她们的手在灵巧地扭转和摆动。在她们之中,洛克可以看到,有一个还是个孩子,高高瘦瘦的,她的腰部围裹着鹿皮。她正向下看着一个躺在她脚边的袋子。洛克定睛观看,只见那个袋子痉挛性地变换着形体。那袋口打开了,接着莉库翻滚了出来。她四肢着地,然后跳了起来。他看到有一条长长的兽皮条从她的脖子那里连了下来,当她跳跃的时候,那女人压在它的上面并抓住了它。莉库在空中翻了个身,扑通一声后背着地摔了下来。那些椋鸟又开始发出魅音了。莉库被拖拽着,转着圈奔跑着,然后蹲在那棵巨树下。洛克可以看到她圆圆的肚子,以及她紧紧地把小欧阿贴在它上面的样子。打开袋子的那个女人把那长长的兽皮条绕在大树上,再把它扭结在一起。然后她走开了。那胖女人向莉库移了过来,洛克可以看到她闪亮的头顶,以及她头发分开的地方那一条窄窄的白线。她对莉库说话,然后跪下来,又说了些话,并大笑着,而小家伙正趴在她的乳房上。莉库什么也没说,只是把小欧阿从她的肚子上移到她的胸部。那女人起身,离开了。

一个女孩走了过来,饿得行动迟缓,她蹲下身子,离莉库大约有自己一个身长的距离。她一言不发,只是注视着她。一时间里,两个小孩子你看着我,我看着你。莉库身子动了一下。她从树上捡起什么东西,然后放进了嘴里。那女孩注视着,她的两个眉毛之间出现了一道道的直线。她摇起了脑袋。洛克和珐互相看了一眼,也急促地摇起了他们的脑袋。莉库从树上拿下另一片菌类,伸出手要递给那女孩,女孩退却了。接着,她向前移动,小心地伸出了手,一把抓住那食物。她犹豫了一下,然后把食物放进嘴里,开始嚼起来。她迅速左右看看,那些其他的女人已经不在她目光所及的地方了,于是她咽下了食物,莉库又给了她一片,它非常的小,只有小孩子们才会吃。那女孩又咽了下去。接着,她们安静了,继续你看着我,我看着你。

那女孩用手指着小欧阿,问了一个问题,但是莉库什么也没说,于是安静又持续了一会儿。他们可以看到她从头到脚打量莉库的样子,或许——尽管他们看不到她的脸——莉库也在做同样的事。莉库把小欧阿从她的胸部抱了下来,然后把她放稳在她的肩膀上。突然,那女孩大笑了起来,露出了牙齿,接着莉库也大笑起来,她们俩一起大笑。

洛克和珐也大笑着。洛克内心的情感已经变得温暖和煦起来。他想要舞蹈,而那个外在的洛克却坚持要聆听以防危险。

珐把脑袋靠着他的脑袋。

"等到天黑的时候,我们就带上莉库然后逃走。"

胖女人来到了下面的河水边。她铺开皮毛,然后坐了下来,他们看到小家伙已经不在她的身上了。那皮毛从她的胳膊上滑落,她腰部以上都裸露着,她的毛发和皮肤在阳光下熠熠生辉。她把胳膊抬到脑袋后面,躬下身,开始打理她头发上的图形。一瞬间,那些花瓣像一条条黑色的蛇落了下来,挂在她的双肩和乳房上。她像一匹马一样晃动着脑袋,于是那些蛇向后面飞去,他们又可以看到她的乳房。她从她的脑袋里取出一些白色的荆棘,并把它们堆在河水边。接着她在胯部摸索,拿起一块骨头,那骨头像一只手上的手指那样分开。她举起那只手，让那骨头手指一遍又一遍地梳过她的头发，直到头发不再是一条条的蛇，而变成一道黝黑闪亮的瀑布，头顶上那条白线依然整洁地显露着。她停下来摆弄头发，注视了那两个女孩一会儿，不时地对她们说着话。那瘦女孩在把树枝收集在一起，放在地面上，并坐在了它们的上面。莉库四肢着地，注视着她，一言不发。胖女人又开始忙活她的头发了；她扭拧着，拉扯着，抚平着，她用那骨头手梳梳这里，梳梳那里，然后，她躬起身子，低下头；于是那头发被收拾成了另一种形状，它向上隆起，紧紧地缠在一起。

洛克听到涂阿米说话的声音。胖女人迅速拿起她的皮毛，并把它向上拉到她的肩部，于是她的肚脐，以及那宽大的白色臀部被遮掩了起来。她的乳房袒露着，皮毛托起了它们。她看着侧面的树下，他知道她是在同涂阿米说话。她说话时，不停地大笑着。

老翁从开阔地那里大声地说着话，洛克现在的注意力不仅仅放在那两个孩子的身上，所以他明白这里存在着多少新的声音。一些木头正在被折断，一堆火在噼啪作响，人们正在击打着东西。不光是老翁，连那些其他人也在用他们高亢的鸟声发号施令。洛克愉悦地打着哈欠。很快黑暗就来临了，他要趁着夜色飞速逃离，让莉库趴在他后背上。

涂阿米走回到树下，同老翁交谈。"松树"在一根木头的后端露出了身子。在它里面木块堆得高高的，后面漂浮着一大群从小岛的空地上前来的木头。他的影子就在他的身前，因为此时的太阳正从它在空中飞行的最高点上稍稍下落。它从那些木头周边被搅乱的水里冲着上面的洛克发出刺眼的光，洛克直眨眼睛。"松树"和胖女人摸了摸他们的头顶，然后互相交谈了一会儿。接着，老翁在洛克的身下出现了，他做着手势，大声地说起话来。胖女人冲着他大笑，她仰起下巴，她侧着身子看着他，来自河水的那些反光在她白色的皮肤上散乱开来,震颤不已。

那两个小孩子来到了一处。瘦女孩正在她的树枝洞穴上弯着腰,莉库蹲在她的身旁,在那兽皮条能够允许的范围内,她尽可能地远离那棵死树。瘦女孩双手捧着小欧阿,颠过来倒过去,好奇地查看。她对莉库讲了一句话,然后把小欧阿小心地放进洞穴里,这样她就可以背朝下躺着了。莉库盯着瘦女孩,两只眼睛里满是羡慕之情。

胖女人站起身,抚平她的皮毛。她把一圈明亮的、闪闪发光的东西绕在脖子上,让它垂在她的两个乳房之间。洛克看到那是一种漂亮的、弯曲的黄色石头,人们有时候会捡起来玩弄一番,玩厌了就把它们一扔了之。胖女人迈着步子,屁股一扭一扭的,走进了开阔地里目光看不到的地方。莉库正对瘦女孩说着话。她们用手指着彼此。

"莉库!"

瘦女孩脸上洋溢着笑容。她拍起了双手。

"莉库!莉库!"

她指着自己的胸部。

"塔娜吉尔。"

莉库庄重地看着她。

"莉库。"

瘦女孩摇起了她的脑袋,莉库也摇起了她的脑袋。

"塔娜吉尔。"

莉库非常小心地说:

"塔娜吉尔。"

瘦女孩双脚跳了起来,嚷嚷着,拍着手,大声笑着。一个皱巴巴的女人走过,站住身子向下看着莉库。塔娜吉尔冲着她叽叽喳喳,

用手指指,一边点着头,然后停了下来,小心地对莉库说道:

"塔娜吉尔。"

莉库皱起了她的脸。

"塔娜吉尔。"

她们三个都大笑起来。塔娜吉尔走到死树那里,一边说着话,一边仔细检查,然后摘下一片莉库曾尝过她的那种黄色的菌类。她把它放进嘴里。那皱巴巴的女人突然尖叫一声,莉库吓得跌倒在地上。那皱巴巴的女人凶狠地拍打塔娜吉尔的肩膀,一边尖声嚷嚷。塔娜吉尔迅速地把手放进她的嘴里,把那菌类拽了出来。那女人把它从她的手上拍掉,它掉进了河里。她冲着莉库尖叫,莉库跑回到大树的边上。那女人冲她弯下腰,保持着距离,并且向她发出凶狠的声音。

"啊!"她说,"啊!"

她转身朝着塔娜吉尔,不停地说话,并用一只手推她,另一只手放在她的臀部。她边推边说,催促塔娜吉尔去到开阔地里。塔娜吉尔不情愿地挪动着脚步,不时地回头看。接着,她也消失在视线中。莉库爬到那树枝洞穴边,抓起小欧阿,然后小跑着回到树旁,小欧阿紧贴在她的胸脯上。那皱巴巴的女人走了回来,并看着她。她脸上的一些皱纹变得平整了。有一阵子,她什么也没说。然后她弯下腰,同莉库保持着那条兽皮条长度的距离。

"塔娜吉尔。"

莉库没有移动。那女人捡起一根树枝,然后小心谨慎地向莉库递去。莉库犹疑不定地接过它,嗅了嗅,然后把它扔到地上。那女人又说话了。

"塔娜吉尔?"

那些斑尾林鸽鸣叫起来代为作答,水光在那女人的脸上上下抖动着。

"塔娜吉尔!"

莉库依旧一言不发。很快,那女人就走开了。

珐把手从洛克的嘴上拿开。

"别对她说话。"

她冲着他皱起了眉头。他皮肤的抽动减缓了,因为那女人不在莉库的近旁。外在的洛克提醒他要警惕。

开阔地上的声音响亮了起来。洛克和珐再次转过身。他们看到情况发生了巨变。在中央的部位一堆茁壮明亮的火熊熊燃起,浓浓的烟直冲云霄。开阔地的两边都建起了洞穴,那些新人用他们木头运来的树枝搭起了一个个的突岩。绝大多数一捆捆的东西已经不见了,因而火堆的近旁有了大量的空间。那些人就聚集在那里,都在说着话。他们面对着那老翁,他正在回复着他们的话。他们都向他伸出手臂,只有涂阿米没有这么做,他在一边站着,仿佛他属于另一类人。老翁摇着脑袋,大声喊叫着。那些人向里面转过身子,直到他们的后背连接在了一起,然后他们互相之间咕哝着什么。接着,他们又面向老翁,大声嚷嚷起来。他摇了摇脑袋,背过身去,弯腰进入了左边突岩里。那些人一窝蜂地围住了涂阿米,依然嚷嚷个不停。他抬起一只手,他们安静了下来。他指向那头雄鹿的脑袋,它还躺在地面上,在火堆的那些木头上方支棱着。他突然向树林扭了一下脑袋,与此同时,那些人又喧嚷起来。老翁从洞穴里走出来,像涂阿米一样抬起一只手。那些人安静了一会儿。

老翁说了一个字,声音洪亮。瞬间,从人群中传来一阵巨大的吵嚷声。甚至他们缓慢的动作也加快了些许。胖女人从洞穴中拿出一捆奇怪的东西。它是一头动物的整张皮,不过它摇摇摆摆,仿佛那动物是水做的一般。那些人拿来一块块的空木头,把它们搁在那动物的下面,它立即就在它们的里面放出了水。它装满每一块木头,洛克可以看到水在落入木头时闪闪发着光。胖女人看到那头动物很高兴,就像她前不久看小家伙的那个样子;所有的人都很高兴,甚至那老翁也咧着嘴大声笑。那些人把他们的木头拿开,带到火堆的地方,小心翼翼地捧着不让它们溢出,尽管河里有的是水。他们跪在地上,或者慢慢地坐下,然后把那块木头放到嘴边,喝了起来。涂阿米在胖女人的身边跪了下来,咧着嘴,那动物让他嘴里流出了口水。珐和洛克在树里面蜷缩着身子,他们的脸扭曲着。洛克的喉咙里有一块东西在上下移动着。树上的食物爬满了他的全身,他一边心不在焉地把它们一个接着一个往嘴里塞,一边做着鬼脸。他舔舔嘴唇,做个鬼脸,然后又打起哈欠。接着,他向下看了看莉库。

那瘦女孩又回来了。她闻起来味道不一样了,带着酸臭味,不过她很快乐。她开始用一种高亢的鸟语对莉库说话,很快莉库稍微离开了那棵树。塔娜吉尔看向一边——人们聚集在火堆的周围——然后轻轻地走向莉库。她把一只手放在那条兽皮条绕在树干上的地方,然后开始把它拧开。那兽皮条松开了。塔娜吉尔把它绕在自己的手腕上,像夏日里的燕子一样做着向下俯冲和翻转的动作。她径直围绕那棵树走着,那兽皮条跟随着她。她对莉库说了一句话,轻柔地拉了拉,然后这两个女孩子一起走开了。

塔娜吉尔不停地说着话。莉库紧跟着她,两只耳朵都在听着,因为他们可以看到它们在抽动。洛克不得不捣鼓出另外一个洞,看她们往哪里走。塔娜吉尔领着莉库去看一捆东西。

睡意蒙眬地,洛克不断改变他的观察点,直到他可以看清开阔地。那老翁焦躁不安地走来走去,一只手抓着嘴巴下面的灰白色毛发。那些不在守岗或者照料火堆的人都躺了下来,看上去像死人一样直挺挺的。那胖女人又走进了一个洞穴。

老翁做出了某个决定。洛克可以看到他的手是如何从脸上拿开的。他响亮地拍打着双手,然后开始讲话。躺在火堆边上的男人们不情愿地站了起来。老翁指着那河水,催促着他们。那些男人先是一片安静,然后脑袋都猛烈地摇晃起来,并且突然话声嘈杂。老翁的声音变得愤怒了。他朝着河水走去,停住脚步,然后转过头讲话,并用手指着那些中空的木头。慢慢地,那些半梦半醒的男人踩着草簇和树叶铺着的土地,向近前赶来。他们轻柔地对自己,也对彼此说着话。老翁这时大声嚷嚷起来,就像是那女人不久前对塔娜吉尔嚷嚷的那样。那些半梦半醒的男人来到河岸边,站立着,看向那些木头的内里,一动不动,一言不发。那头摇摇晃晃的动物里面水的酸臭味向上传到洛克的鼻子里,就像是秋天腐烂的味道。

老翁讲了一通话。涂阿米,一边点着头,一边走开了,过了不久,洛克听到了砍削的声响。另外两个人从灌木丛里拿出了几条兽皮,跳进水中,把那第一根木头的尾端向外推进河里,并且把另一端移到岸上。他们站在两端,开始往上抬。接着,他俩都弓着身子趴进了那根木头,大口地喘着气。老翁再次大声嚷嚷着,两只手高高地举在空中。然后,他指了指。那两个男人又开始往上托。涂阿米走了过来,手里拿着一根被削得很光滑的树枝。那两个男人开始要去扒开河岸上的软土。洛克在他的栖息地里转过身来寻找莉库。他可以看见塔娜吉尔正在向她展示各种各样的新奇玩意,有一排串在一起的海贝壳,还有一个欧阿,那么地栩栩如生,以至于一开始洛克认为它只是睡着了或者也许是死了。她把那兽皮条抓在手里,不过它很松,莉库同这个大号的女孩挨得很近,向上看着她,眼神就像是当洛克荡她或者为她低身的时候,她看着他的样子。阳光的条条直线现在已经从隘口的上方倾斜着射进了开阔地里。老翁开始叫嚷,听到他的声音,那些女人从洞穴里出来了,一边爬,一边打着哈欠。他再次叫嚷起来,于是她们在树下摇摇摆摆地走着,像那些男人刚才那样,也相互交谈了起来。不久,除了那守岗的以及两个小孩子以外,视线中看不到人了。

一种新的叫嚷声在那棵树和河的中间传来了。洛克转过身来看发生了什么。

"啊——嚯!啊——嚯!啊——嚯!"

那些新人,男人们和女人们,正往后靠着身子。那根木头在看着他们,它的头部停放在涂阿米带来的那根木头之上。洛克知道这一端是它的口鼻部,因为那根木头的两个侧边上有眼睛。他之前没有见过它们,因为它们一直在那白色东西的下面,那白色的东西现在变黑了并且被冲刷掉了一半。那些人通过一条条的兽皮同那根木头连接在一起。老翁正在催促着他们,于是他们往后靠着身子,大口地喘着气,他们的双脚把松软地面上的泥土一块块地挤推出来。他们一抽一抽地移动着,那根木头跟随着他们,一刻不停地盯着。洛克可以看到他们脸上的皱纹和汗水,他们经过了树下然后消失不见。老翁跟着他们,叫嚷声继续。

塔娜吉尔和莉库回到了那棵树的地方。莉库的一只手抓着塔娜吉尔的手腕,另一只手抓着小欧阿。叫嚷声停止了,所有的人都阴郁地迈着沉重的步伐出现在视线里,他们在河边排起了队。涂阿米和"松树"走进第二根木头旁的水里。塔娜吉尔向前走去要看一看,但是莉库向后挣脱。塔娜吉尔向她解释,但是莉库就是不愿意走近水边。塔娜吉尔开始拉拽那根兽皮条。莉库的双手和脚紧紧地抓住了地面。突然,塔娜吉尔开始冲着她尖叫起来,就像那个皱巴巴的女人一样。她捡起一根树枝,一边用尖厉刺耳的声音讲话,一边又开始拉拽。莉库依然坚持着不动,塔娜吉尔用那根树枝在她的后背打了一下。莉库号叫一声,塔娜吉尔边拉边打。

"啊——嚯！啊——嚯！啊——嚯！"

这第二根木头的口鼻部靠在了岸上,不过这次它没有再往上爬。它滑了回去,人们翻倒了。老翁声嘶力竭地叫嚷着。他愤怒地指着下面的河,再指向那瀑布,最后指着树林深处,他不停地发出咆哮声。那些人也冲着他回嚷着。塔娜吉尔停止抽打莉库,注视着那些成年人。老翁来回移动着,用他的脚鼓动着那些人。涂阿米在一旁站着,像一根木头一样注视着他,一声不吭。慢慢地,那些人站了起来,再次抓紧了那些兽皮条。塔娜吉尔没了兴趣,转开了身子,并在莉库边上跪了下来。她捡起一些小石头,往空中抛去,然后试着用她那窄窄的手背接住它们。不久,莉库又开始注视着她。那根木头爬了出来,上了岸,摇摇摆摆地往前挪着,然后结结实实地停在了陆地上。那些人身体向后靠,很快就移出了视线。

洛克向下看着莉库,很高兴可以看到她圆圆的肚子,此时,塔娜吉尔正好没有再次使用那根树枝。他想到了趴在那胖女人胸脯上的小家伙,便冲着边上的珐微笑着。珐冷冷地向他咧了一下嘴。她看起来不像他那么高兴。他内心的情感已经下沉了,接着消失不见,就像那霜冻,当太阳在一块平坦的岩石上找到它的时候。那些人——他们如此神奇地被赐予了这一切的事物——在他看来,已经不再像他们早先时候的那样,会立刻威胁到他们。甚至外在的洛克也暂时平息,对声音和气味不那么敏锐了。他打了一个巨大的哈欠,然后两个手掌揉进了眼窝里。花絮纷纷涌来,到处飘浮着,就像盛夏时分,一阵风把它们从平原里的灌木上梳理出来,空气中弥漫着洋洋洒洒的飘浮之物。他可以听到珐在他的身体之外轻声地说着话。

"别忘了,天黑的时候,我们要带上他们。"

他的脑海里出现了一个画面,画面里那胖女人一边大声笑着,一边喂着奶。

"你将来怎么喂他?"

"我会嚼碎了给他吃。并且,也许奶水会来的。"

他想到了这个。珐再一次说话了。

"很快,那些新人就要睡觉了。"

那些新人还没有睡觉,或者有任何要睡觉的迹象。他们制造出了比任何时候都要大的声响。两根木头都在开阔地里,横放在一些粗壮的圆树枝上。那些人在那最后一根的周围聚成一组,冲那老翁尖叫着。他愤怒地指着通往树林的道路,并且让他鸟叫一样的声音起伏婉转着。那些人摇着脑袋,把自己从那些兽皮条中解放出来,然后纷纷散开,朝着洞穴的方向走去。老翁冲着一片深蓝色的天空晃动着他的拳头,接着他用拳头击打脑袋;但是那些人在他们行走的睡梦中,朝着火堆和洞穴的方向移动着。只剩他独自一人待在那些木头树干边上的时候,他安静了下来。夜色开始向树下袭来,阳光在地面上消散。

老翁非常缓慢地朝着河边走去。他停了下来,他的脸上看不到任何表情,接着他又迅速地走回到他的洞穴,消失了。洛克听到那胖女人在说话,接着老翁走了出来。他再次慢慢地朝着河边走去,迈着同样的步伐,不过这一次他没有在那两根木头边上暂作停留,而是径直往前走去。他从树下经过,然后在树和河的中间站住了身子,向下看着那两个孩子。

塔娜吉尔正在教莉库接石头,那根树枝被忘在了一边。当她看到老翁的时候,她站了起来,把双手背到了身后,一只脚在另一只上磨蹭着。莉库也尽她所能照着做。老翁沉默不语,待了一会儿。然后,他冲着开阔地的方向猛地扭过脑袋,并且厉声说着话。塔娜吉尔把那兽皮条的末端抓在手里,然后走到树下,莉库跟在后面。洛克小心翼翼地在树里面转动身子,看到她们走进了一个洞穴。当他的目光重新回到河水这一边的时候,老翁正站在河岸的边缘上撒尿。阳光已经离开了河面,隐藏到对岸的树梢里,在那瀑布和隘口之上渲染着大片的红色,此刻水声非常响亮。老翁走回到那棵树的地方,站在下面,仔细地朝着那些荆棘树的方向张望,守岗的人正站在那里。接着,他走到这棵树的另外一边,再次看了看,然后如此反复转了一圈。他走了回来,面朝河水背靠在树上。他把手伸进他胸部的皮肤里,然后掏出一块东西。洛克嗅了嗅,看了看,他认出了那块东西。老翁正在吃着本来是为莉库准备的那块鹿肉。他们可以听到他,他就靠在那里,低着头,两个胳膊肘向外撑着,撕扯着,拉拽着,咀嚼着。听起来,那块肉让他忙碌不已,就像死木头里面的一只甲虫一样。

　　有人来了。洛克听到了他,但是老翁——他上下颌发出的声音让他无暇他顾——没有听见。那男人从树后转了出来,看到了老翁,停下了脚步,狂怒地号叫起来。来的人是"松树"。他跑回到开阔地里,站在火堆旁,声嘶力竭地叫嚷起来。一个个人影从黑暗的洞穴里爬出来,男男女女。黑暗慢慢涌入,铺在地面之上,"松树"踢了一下火堆,顿时火花四溅,烈焰升起。在这静谧明亮的夜空之下,一团火光同一片黑暗在角力。老翁在那两根木头边上叫嚷;"松树"一边叫嚷着,一边用手指着他,这时,胖女人从一个洞穴里走了出来,小家伙在她的肩膀上蠕动着。就在那一刹那,那些人发起了突袭。老翁跳进其中一根木头里,捡起一片木树叶,疯狂挥舞。胖女人开始冲着人们尖叫,声音是如此惊人,以至于那些鸟在四周的树上扑扇起了翅膀。现在,老翁的声音里带着几分薄暮之色。人们安静了些许。一直一言不发,只是站在胖女人身边的涂阿米,开口讲话了,然后那些人领受了并且重复着他所说的话。他们的声音又大了起来。老翁指着那头躺在火堆边的雄鹿的脑袋,但是那些人只反反复复地说着一个字,那声音听起来仿佛他们越来越近了。胖女人猫着身子进了她的洞穴,洛克可以看到那些人的目光紧盯着那入口处。她走了出来,没有带上小家伙,而是带着一头摇摇摆摆的动物。看到这个,人们叫嚷着,拍起了他们的双手。他们迅速地走开了,然后拿来了那些空心的木块,胖女人肩上的那头动物往木块里注进了水。人们喝了起来,洛克可以看到他们喉咙里的骨头在火光中移动的样子。老翁挥手示意他们回到洞穴里,可是他们不愿意走。他们回到胖女人的身边,又要了一些来喝。胖女人现在不笑了,只是看着老翁,再看向那些人,最后看向了涂阿米。他就在她的身边,他的脸微笑着。胖女人试图把那头动物带回洞穴里,但是"松树"和一个女人不让她这样做。看到这里,老翁突然向前冲去,人们连接成的纽带开始一起抗争起来。涂阿米站在这抗争的边上,观察着,仿佛那些人是他用他的树棍从空中捞下来的某种东西。绝大多数的人都参与了进来。人群转过来转过去,而胖女人不停地尖叫着。那头摇摇摆摆的动物从她的肩膀上滑下来,然后消失了。有一些人倒在了它的上头。洛克听到一阵水的响声,接着那一堆人往下沉了一些。他们踉跄着分开,然后只见一头动物平坦坦地躺在地上,就像涂阿米让那头雄鹿躺在地上一样平坦,不过看起来更加像是死了多时的。

老翁让自己站得非常高。

洛克打了一个哈欠。这些景象无法融合在一起。他的两只眼睛闭上了,又猛地睁开。老翁的两只胳膊都向上伸到空中。他面对着那些人,用声音恐吓着他们。他们向后退了一点。胖女人悄悄溜进了一个洞穴里。涂阿米也已经消失了。老翁的声音提高了,结束了,他的双手放下了。此时只剩一片寂静和恐惧,还有从那头死去的动物那里传来的酸臭味。

有一阵子，那些人什么也没说，只是待着，蜷伏一小会儿，身体东倒西歪。突然其中一个女人向前冲去。她冲着高处的老翁尖叫，她揉了揉肚子，她捧起她的两个乳房让他看，她向他吐着口水。那些人又开始移动了。人们点着脑袋叫嚷着。老翁大声叫着让其他的人蹲下来，然后指着那头雄鹿的脑袋。接着，大家安静了下来。那些人的眼睛转向里面，向下看着那头雄鹿，它依然还在用它的小眼睛透过观测孔注视着洛克。

开阔地外面的树林里传来了一阵响声。逐渐地，人们觉察到了这声音。有人在号叫着。那些荆棘树在移动，然后打开了；"栗子头"，身体紧靠着"灌木"单脚跳了进来，闪闪发光的鲜血从他左腿上一直往下流。当他看到火堆的时候，他躺了下来，一个女人跑到他的身边。"灌木"向人们的方向走去。

洛克的眼睑落了下来，然后又弹开。在一段似醒如梦的时间里，他看到自己在一个画面里，向莉库讲述着这一切，她并不比他对这些有更多的理解。

胖女人在洞穴的边上露出了身子，小家伙正在吮吸着她的乳房。"灌木"问了一个问题。一声大喊回答了他。那个把她干瘪的乳房向外捧出的女人正用手指着老翁、那棵死树，还有那些人。"栗子头"向那头雄鹿的脑袋吐了口水，然后人们又大声叫嚷起来，向前移动着身子。老翁抬起他的双手，又开始了他的讲话，那讲话与之前一样，声音高亢并带着恐吓的意味，但是那些人起着哄，并大笑起来。"栗子头"站在那头雄鹿脑袋的边上。他们可以看到他的两只眼睛像两块石头一样在火光中闪烁着光芒。他开始从他的腰间拔出一根树枝，并把那弯曲的树棍握在另一只手里。他和老翁互相注视着。

老翁向边上走了一步,然后急速地说着话。他来到胖女人的身边,伸出了他的双手,并试图从她那里把小家伙夺走。她迅速弯下身子,接着,她就像任何女人都会做的那样,用嘴咬向他的手,于是老翁跳起脚来,哀号一声。"栗子头"把那树枝搭在那根弯曲的树棍上,然后把那红色的羽毛向后拉去。老翁停止了蹦跳,朝他走去,伸出了双手,手掌正对着那根树枝。他静静地站着,几乎在"栗子头"可以够得着的距离里,弯曲起了他右手上除了那根长的手指以外的全部手指。这一根手指,向边上移动着,直到它指着其中一个洞穴。所有的人都很安静。胖女人高声大笑起来,然后又沉静下来。涂阿米正盯着老翁的后背。老翁环视一下开阔地的周围,向外张望着那棵树下黑暗郁结的地方,然后又回过来看着那些人。他们中没有一个人吭声。

洛克打了个哈欠,然后向后靠进了那树顶的空心里,在那里他得到了掩护,那些人看不到他,并且他们整个的营地不过是在那些树上被反射出的光芒在闪烁而已。他抬头看了看上面的珐,邀请她睡到他的边上,但是她没有注意到他。他可以看到她的脸,而她的两只眼睛正透过藤蔓窥探着,睁得大大的,一眨也不眨。她是那么的专注,甚至当他用手触碰她的腿时,她也不为所动,只是继续凝视。他看到她的嘴张着,呼吸急促起来。她抓住了那死树干上的腐木,树干嘎吱嘎吱地响了起来,然后被捏碎成了湿漉漉的木浆。尽管洛克已经疲惫不堪,但是这还是让他有了兴趣,并且也让他感到有点害怕。他有了一个画面,画面里那些人中有一个正在往树上爬,所以他向后挣扎着起来,然后把树叶拨弄开。珐向侧面迅速地扫了一眼,她的脸就像是一个在同一个恐怖的梦境里做着斗争的熟睡者的脸。她抓紧他的手腕,把他摁了下去。她抓住他的两个肩膀,把她的脸依偎在他的胸膛上。洛克伸出手臂搂住了她,那外在的洛克在这碰触中感到了一种温暖的愉悦。但是珐没有心情嬉戏。她又跪了起来，把他拉向了她，并把他的脑袋贴在她的乳房上，与此同时，她的脸透过那些树叶向下看着，而她的心脏贴在他的面颊上急促地跳动着。他试图看看到底是什么让她如此害怕，但是当他一挣扎，她就把他抱得更紧，所以他所能见到的一切就是她的下颌以及她的双眼，睁着，永远地睁着，注视着。

那些花絮又回来了，她的身体很温暖。洛克放弃了，心里知道当那些人睡觉的时候，她会叫醒他的，然后他们可以带着孩子们一起逃跑。他依偎得更紧了，搂抱着，枕在那咚咚直跳的心脏上，两条结实的胳膊紧紧地环绕着他，花絮，此刻正在黑暗中纷纷涌来，变成了整个的世界，在那里他困极而眠。

142

九

他醒来了,挣扎着要推开那正把他往下压的胳膊,胳膊抱住了他的肩膀,还有一只手捂着他的脸。他冲着那些手指讲着话,滔滔不绝地絮叨着,几乎因为那种新近的恐惧习惯,要准备咬它们一口。珐的脸离他的脸很近,她在他拍打那些树叶以及磨蹭发霉的火绒木的时候,使劲把他往下摁。

"安静!"

她说话的声音比之前在树里的任何时候都要大,语气也非比寻常,仿佛那些人已经不在周围了。他暂停了挣扎,并且也大体上醒了,他注意到光线在黑暗的树叶上跃动着,在它们的暗色中布下点点微光,一起跳来跳去。树的上方有许多星星,它们相形之下显得渺小并且正在死去。汗水从珐的脸上涔涔而下,她的皮肤,在他手碰触到的地方,湿乎乎的。就在他注意着她的时候,他同时也听到了那些新人,因为他们就像是一群嗥叫着的狼一样嘈杂。他们叫嚷着,大笑着,歌唱着,用他们的鸟叫声叽叽喳喳着,他们的火堆发出的火焰与他们一起在疯狂地跳跃着。他转过身来,把他的手指戳进树叶里,去看看发生了什么。

开阔地上充斥着火光。他们已经把那些游过了河水的巨大木头拉上了岸放到"松树"身后,并且把它们立在火堆上,让它们相互靠在一起。这堆火毫无温暖或者舒适之处——它就像瀑布,就像一只大猫。他可以看到那根杀死了马尔的木头,有一部分正靠在那火堆上,那些硬实的、像耳朵一样的菌类都是红彤彤的。一缕缕的火焰从火堆的顶端向上喷出,仿佛它们正在从底部被挤压出来一样,它们泛出红光,时而又呈现出黄光或者白光,它们蹿出点点小火星,直奔而上,消失不见。这些火焰逐渐消退的顶端正好与洛克平齐,环绕它们的蓝烟几乎无法看见。火堆的底部,熊熊的火焰如同喷泉一般,光线从那里向开阔地的四周游走着,不是那种温暖的光线,而是那种凶狠的、红中泛白的、令人失明的光线。这光线像心脏一样脉动着,看上去甚至连开阔地周围的那些树木连同它们的层层卷叶都在向侧边跳跃着,就像在藤蔓叶子间的那些洞口一样。

那些人也像那火堆一样,由黄色和白色组合而成,因为他们已经脱去了他们的皮毛,除了围在他们腰部和胯部的兽皮以外,他们什么也没穿。他们随着那些树木同时向侧边跳跃着,他们的头发披了下来,或者散乱着,所以洛克不能很容易就分得清他们中间的那些男人。那胖女人正靠着其中的一个空心木头,她的双手撑在身子的两侧,腰部以上都赤裸着,身子呈现出黄白相间的颜色。她的脑袋向后仰着,脖子弯曲着,嘴张开着,大声笑着,而她那松散的头发倾泻而下,落入那根木头的空心里。涂阿米蜷伏在她的身边,他的脸贴着她的左手腕;他在移动着,不仅仅是伴随着火光一抽一抽地前后移动,同时也向上,他的嘴嚅动着,他的手指玩耍着,都向上移动,仿佛他正在吃着她的肌肤,继续向上移动,朝着她裸露的肩膀。那老翁正躺在另外一根空心的木头里,他的双脚从木头两边向外伸出。他的手里拿着一个圆圆的石头一样的东西,并且不时地把它送到嘴边,在间隙里,他唱着歌。其他的那些男人和女人散布在开阔地的周围。他们拿着更多的那些圆圆的石头,现在洛克看清了他们正在从它们里面喝着什么。他的鼻子捕捉到了他们喝的东西的气味。它比那另外一种水要芳香一些、性烈一些,它就像那火堆和瀑布一样。它是一种蜜蜂水,散发出蜂蜜、蜂蜡以及腐烂的味道,它诱你前往,同时又拒斥着,它就像那些新人一样,既令人恐慌又令人激动。在火堆的近旁，还有另外的一些石头，它们的顶部都有小洞，并且从它们那里传来的那个味道似乎尤其强烈。现在洛克看到，当那些人喝完了，来到这些石头的地方，举起它们，取更多的来喝。那小女孩塔娜吉尔正躺在其中一个洞穴的前面，平平地躺着，仿佛死了一般。有一个男人和一个女人正在搏斗着，亲吻着，尖叫着，而另外一个男人正围着那火堆不停地爬，就像一个烧焦了一只翅膀的蛾子一样。一圈接着一圈，他就这样转着，爬行着，而其他的那些人并不理睬他，只是继续着他们的喧闹。

涂阿米已经移到胖女人的脖子上了。他在拉拽着她，而她大笑着，并且摇晃着脑袋，用她的手拍着他的肩膀。老翁在歌唱，那些人在搏斗，那个男人在绕着火堆爬，涂阿米紧贴着胖女人，而就在发生这一切的同时，开阔地也在前后跳跃着，倾向一边。

光线足够多，洛克可以看到珐。这不停的摇摆让他的两只眼睛疲惫不已，因为它们试图跟随着一起摇摆，最后他转过了脑袋，改为看向她。她也在摇摆着，但是不那么厉害；除了那光线以外，她的脸上很是平静。她的双眼看上去似乎自从他睡着以后就再也没有眨过，也没有变过方向。他脑子里的那些画面就像那火光一样，来来去去。它们毫无意义，并且它们开始旋转起来，直到他的脑袋感到似乎就要裂开一般。他为他的舌头找到了一些词，但是他的舌头却几乎不知道如何去使用它们。

"这是什么？"

珐没有动弹。某种半知半觉，了无形状，令人惊恐，它渗入到洛克的内里，仿佛他正在与她分享着一个画面，但是他的脑袋里没有眼睛因而无法看到它。那知觉正如同那外在的洛克早先时与她分享过的那种极端危险的感觉；但是这次是为内在的洛克准备的，而他容不了它。它强行推进他的身体，驱赶着睡后的那种舒适的感觉,还有那些画面及它们的旋转,同时也击碎了那些微弱的想法和意见、饥饿的感觉以及口渴的难耐。他被它支配着,但是却不知它为何物。

珐慢慢地向侧边转过了她的脑袋。那带着两团相同火苗的眼睛像老妪的双眼一样,转动着,在那水中向上移动着。她嘴边的一个动作——不是一个鬼脸,也不是讲话前做出的准备——让她的两个嘴唇像那些新人的嘴唇一样上下翻飞起来;接着它们再次张开,然后静止不动了。

"他们不是从欧阿的肚子里孕育出的。"

最初,这些词没有画面可以同它们相联系,但是它们沉入了那情感之中,并且强化了它。这时候,洛克再次透过树叶窥视着,以期寻找这些词的意义,他正好直直地看向那胖女人的嘴。她正在奔着这棵树而来,紧搂着涂阿米,她踉踉跄跄着,尖叫着,时而大笑着,所以他可以看到她的牙齿。它们不是很宽,对啃咬和研磨也没什么用处;它们小小的,其中有两颗比其他的要长一些。那种牙齿让人想起了狼。

那火堆随着一声巨响坍塌了,火星像洪水一样四下溅开。老翁不再喝东西了,而是静静地躺在那空心的木头里面,那些其他的人或正坐着或平躺着,歌唱的喧闹就像火堆一样渐渐消隐。涂阿米和胖女人步伐怪异地从树下经过,然后消失了,洛克只得转过身子来观察他们。胖女人走向水边,但是涂阿米抓住她的胳膊,拉着她转过了身子。他们就像那样站着,看着彼此,胖女人对着月光的那一面呈现出苍白的颜色,另一面对着火堆显得很红润。她抬起头冲着涂阿米大笑着,在他迅速对她说话的时候,她伸出了她的舌头。突然,他用双手紧紧地抓住了她,把她拉了过来,贴在自己的胸部之上,然后他们扭打起来,大口地喘着气,也不说话。涂阿米变换了搂抱的姿势,抓住了她的一束长头发,并把它往下拉拽,直到她的脸仰起,因疼痛而扭曲着。她右手上的指甲掐进他的肩膀,并往下拉拽着,就像她的头发被拉拽的那个样子。涂阿米的脸扑向了她的脸,然后突然身体一倾斜,一个膝盖就来到了她的身后。他的手向上变换着位置,直到它抓握住她脑袋。那只抓进他肩膀肌肤里的手松开了,摸索着,在他身上探寻着,接着他们突然重新连接在了一处,他们的身体一起绷紧着,胯部贴着胯部,嘴对着嘴。胖女人开始向下滑去,所以涂阿米弯起了身体。他笨拙地跪倒在一个膝盖上,而她的两只胳膊则箍住他的脖子。她在月光中向后倒去,她的双眼紧闭着,她的身子柔软无力,她的两个乳房上下晃动着。涂阿米跪在地上,在她腰部的皮毛里摸索着。他发出了类似于咆哮的声音,然后把自己压在了她的身上。现在洛克可以再次看到那狼牙了。胖女人左右摇摆着她的脸,她的脸就像她同涂阿米搏斗的那个时候一样,扭曲变形。

他转过身看着珐。她还跪着,向外看向开阔地,看着那堆红色热烫的木头,她皮肤上的汗水闪烁着微光。他有了一个突如其来并非常出色的画面,在画面里,他和珐带着孩子们,穿过开阔地,迅速地逃之夭夭了。他变得警觉起来。他把脑袋靠近她的嘴巴边上,然后小声地说:

"我们现在可以接孩子们了吗?"

她的身体向后靠去,离开了他,这样她的距离就足够远,能够在现在微暗的光线下看清他。她突然浑身颤抖起来,仿佛那洒落在树上的月光来自寒冬。

"等等!"

那树下的两个人发出了凶狠的声响,仿佛他们正在吵架。尤其是那胖女人,她开始像一只猫头鹰一样鸣叫起来,洛克也可以听到涂阿米气喘吁吁,就像一个男人正在与一头野兽生死搏斗并深知胜算不大的那个样子。他低头看着他们,看到涂阿米不仅仅是同胖女人躺在一起,同时也在啃咬着她,因为从她的耳垂那里有黑色的血液正在流下。

　　洛克激动不已。他伸出一只手,放在珐的身上,但是她只是转过她那石头般的眼睛看着他,她立刻就被那份相同的难以理解的情感包围了起来,那情感比欧阿要糟糕,他可以意识到,但却无法理解。他匆忙地把手从她的身上拿开,然后在树叶里捣鼓着,直到弄出一个可以俯瞰那火堆和开阔地的观测孔。绝大多数的人已经进入了那些洞穴之中。那老翁的双脚是他身体上唯一可以见到的部位,它们搭在那根空心木头的两边上。那个绕着火堆爬的男人现在面朝下躺在那些装有蜜蜂水的圆石头中间,而那个一直守着岗的猎人依然还站在那荆棘栅栏的旁边,身体靠在一根树棍上。就在洛克注视着的时候,这个男人开始从树棍上往下滑去,直到他颓然倒在那些荆棘树的近旁,然后他静静地躺着,月光在他裸露着的皮肤上阴沉地闪烁。塔娜吉尔已经走了,那些皱巴巴的女人也同她一起走了,开阔地上只剩下了一片围着那沉闷的红色木头堆的空间。

　　他转过身,看向下面的涂阿米和胖女人,她已经到达了粗野的高潮,现在静静地躺着,浑身汗水闪闪发光,并且散发出肌肤的味道,还有那些石头里的蜂蜜味道。他瞥了一眼珐,她依然沉默不语,十分恐怖,她看着一个画面,那画面在这藤蔓的幽暗之中根本不存在。他低下眼睛,开始自动地在腐烂的木头上找寻可以吃的东西。但是,突然就在这时他发现到了他的口渴,一旦发现,它就再也无法忽视了。焦躁不安地,他看向下面的涂阿米和胖女人,因为在这片开阔地上到目前为止发生的所有令人惊愕、莫名其妙的事件当中,他们二人无疑是最可以理解的,同时也是最有意思的。

他们凶狠的、狼一般的战斗结束了。看起来他们是相互搏斗，相互损耗，而不是睡在一起，在女人的脸上和男人的肩上都有血迹出现。此时，搏斗已经收场，他们之间恢复了和平，或者不管是什么，总之是恢复到了一种状态，他们一起嬉闹起来。他们的嬉闹非常复杂，引人入胜。山上或者平原上的动物，灌木丛里或者树林里的任何轻盈能干的生物，都不会拥有如此的精妙性和想象力来发明如此那般的游戏，也不会拥有闲暇以及经久不息的清醒来完成那些游戏。他们狩猎着并拖垮了快感，就像狼群跟随并跑垮了马群一样；他们似乎要追随那隐身猎物的踪迹，似乎在倾听着，他们的脑袋歪着，他们的脸在苍白的光线下凝神寡语，以便迎接它悄然接近时的最初步伐。他们嬉戏着快感，让它变得坚实，就像一头狐狸戏弄着她刚捕获的那只肥鸟，拖迟着它的死期，因为她的意愿是延后饕餮的快感，并加倍地享受。他们现在沉默不语，只是低声地呻吟着、喘着气，胖女人偶尔还会偷偷地发出阵阵大笑声。

一只白色的猫头鹰从树上掠过，片刻之后，洛克听到了他的叫声，那声音一向是听起来比实际的更加悠远。现在的涂阿米和胖女人，已经不像他们相互搏斗时的景象那般具有挑逗意味了，于是他们不再能够让他感觉不到口渴了。他不敢对珐说话，不仅是因为她那奇怪的疏远感，也因为涂阿米和胖女人现在几乎悄无声响，所以说话再次变得危险起来。他非常烦躁，很想带上孩子们逃之夭夭。

那火堆发出沉闷的红色，它的光线几乎已经够不着开阔地四周的那道由树干、蓓蕾以及树枝组成的墙了，因而它们开始形成黑暗的图形，映衬着它们后面明亮了一些的天空。开阔地的地面上已经陷入了一片朦胧，于是洛克不得不使用他的夜间视力来看清它。火堆孤立着，看起来似乎要飘浮起来。涂阿米和胖女人从树下面摇摇摆摆地走了出来，他们并没有走在一起，而是在夜色中猫着腰，潜入了各自的洞穴之中。现在那瀑布怒吼着,同时,树林里的各种声响,还有噼里啪啦的声音,以及看不见的脚步的疾走声,都变得清晰可闻了。另一只白色的猫头鹰掠过开阔地,渡过河水,飞远了。

洛克转过身看着珐,小声说道:

"现在?"

她靠近了些。她声音里带着紧迫性和命令的意味,同她当初在阶地上吩咐他听从她的指挥时一模一样。

"我会去带上小家伙,然后跳过荆棘丛。一旦我走了,跟上来。"

洛克想了想,但是没有画面进入脑中。

"莉库——"

她的双手在他身上抓紧了。

"珐说了'做这个'!"

他迅速移动着身体,那些藤蔓叶子相互摩擦着,发出刺耳的声音。

"可是莉库——"

"我脑子里有很多画面。"

她的双手从他的身上拿开了。他躺在树梢上,一天以来的那些所有画面又开始旋转起来。他听到她的呼吸从身边经过,然后沉到下面又开始沙沙作响的藤蔓里,他迅速向下面的开阔地里张望,但是没有人发出动静。他只能看到老翁伸出那根空心木头的两只脚,还有那些树枝洞穴所在地的深黑的洞口。那火堆飘浮着,绝大部分都是沉闷的红色,但是中心的部位更加明亮,从那里发出的一缕缕蓝色的火苗在木头上游走着。涂阿米从洞穴里走了出来,站在火堆的边上,向下看着它。珐已经一半身子出了藤蔓,正攀附在这棵树靠近河水一侧的粗壮树干之上。涂阿米拿起一根树枝,然后把那些热烫的灰烬扒到一起,于是它们火花四溅起来,并且喷出了一阵烟雾和数点闪烁的火星。那皱脸的女人爬了出来,从他的手中接过树枝,然后他俩就这样站着,摇晃着身体,谈着话,时间过去了片刻。涂阿米走开了,进到了一个洞穴里,随后洛克听到了一个撞击的声音,因为他在那些干树叶中间摔倒了。他等待着那女人离开;但是,她先是在火堆周围挖土,挖到只剩下一个黑色的小圆丘,其顶端有个闪烁着的开口。她拿着一块草皮,来到火堆旁,然后把它扔在那开口处,草燃烧了起来,噼啪作响,与此同时一束火光从开阔地上冲天而出。她站立着,冲着她长长身影的末端,浑身颤抖着,火光摇摆几下,接着熄灭了。他一半靠听,一半靠感知,发觉她朝着洞穴走去,便双手和膝盖放在地上,爬了进去。

他的夜间视力回到了身上。开阔地里又变得非常安静了,他可以听到珐在把自己从树上放下的时候,她的皮肤剐蹭着老树皮的声音。一种瞬时即到的危险向他袭来;一想到他们即将欺骗这些奇怪的人以及他们所有的那些神秘莫测的作品,想到珐正在悄悄潜向他们,他的喉咙难受地堵了起来,因而他无法呼吸,他的心跳开始让他摇晃起来。他抓紧了那腐烂的木头,身体蜷缩在藤蔓的后面,双眼紧闭着,脑子里不知为何开始搜索着之前几小时的时光,那时这棵死树还相对安全。珐的气味从这棵树靠近火堆的那一侧向上传到他的鼻子里,然后他和她分享了一个画面,画面里有一个洞穴,一头巨大的熊正立在它的入口处。那气味不再传来了,画面也消失了,于是他知道她已经悄无声息地爬向了那火堆边上的洞穴了,此刻她浑身都是眼睛、耳朵和鼻子。

他的心跳稍慢了一些,他的呼吸也是这样,所以他可以再次看向开阔地。月亮从一块厚云的边缘闪出,向上翱翔,在树林的上方洒下一片淡蓝色的光辉。他可以看到珐,在月光中身体变得扁平,贴在地面上,离那火堆黑色的圆丘不超过她两个身子的长度。另一

块云接了上来,遮盖了月亮,开阔地又笼罩在黑暗之中。在阻住通
往小径入口的荆棘林的边缘之上,他听到那个守岗的人哽咽了一
声,然后挣扎着站了起来。一阵呕吐的声音传来,接着是一声长长
的呻吟。洛克的心里五味杂陈。他隐约觉得那些新人会选择像他
们以前那样突然地出现;站起身,说着话,警惕万分,无所不知,力量
无忧。这种感觉中,还夹杂着一个有关珐起初不敢越过阶地边上那
根木头的画面;而这种温暖的感觉以及迫切要和她在一起的欲望,
也是这画面的一部分。他在藤蔓罩上动了一下,分开朝向河水的叶
子,然后开始摸索着树干上的分支。他在这种情感有时间改变他、
让他成为一个顺从的洛克以前,迅速地把自己放了下来;他站在这
棵死树脚下长长的草里面。现在对莉库的思念攫住了他,他蹑手蹑
脚地走过这棵树,并且试着搞清楚到底哪个洞穴容纳了她。珐正朝
着火堆右边的那个洞穴移动着。洛克向左边走去,他四肢匍匐在
地,悄然朝着一个洞穴潜了过去,那洞穴长在那些木头以及未加整
理的一捆捆东西的后面。那两个空心的木头躺在人们原先停放它
们的地方,似乎它们也喝了那蜂蜜水,醉意浓浓,而那老翁的双脚依
然在近旁的那根木头里向外伸着。洛克蜷缩在这根木头高度以下
的地方,小心地嗅着上面的那只脚。这只脚的上面没有脚趾或者毋
宁说——他现在可以离它非常近了——它是像人们腰部的那样,被
兽皮覆盖住了,并且散发出很强的奶牛和汗水的味道。洛克把眼睛
抬到他的鼻子之上,然后看向上面那木头的边缘。老翁整个身子都
躺在里面,他的嘴张着,从他薄薄的、尖尖的鼻子里发出了鼾声。那
毛发扎在了洛克的身体上,于是他迅速地缩了下去,就好像老翁的
双眼一直是睁着的。他蜷缩在这根木头边上被践踏过的泥土和草
地上,并且现在他的鼻子已经适应了老翁,它忽视了他,因为此时此
刻还有许多其他的信息向它扑了过来。例如,这两根木头就同大海

152

有着关联。它们侧边上的白色是海的白色，苦涩，唤起了他心中的海滩以及那延绵不绝的滚滚波涛。有松树胶的味道，有一种特别浓郁并热烈的泥土味道，对此他的鼻子可以辨认出非我族类，但是说不上名字。那里有很多男男女女以及孩子的味道，最后，有一种味道极其晦涩难懂，但一样的强烈非凡，它把许多迥异的味道糅合在一起，变成一种年代久远的味道，这味道的组成部分已经难以各个辨识了。

洛克使肌肤和毛发不再抖动，然后沿着这根木头的边缘向前爬去，直到他来到了放置那些圆石头的地方，它们离那热烫的但是已经不发出火光的火堆近在咫尺。它们保留着自身的秉性，散发出的味道是那么浓烈，以至于他在脑子里把它视为好比是顶部的那些空洞周围的一团火光或者一片云彩。这味道就像那些新人，它既排斥着，又吸引着，既威吓着，又诱惑着，它就像那胖女人，同时也像那老翁和那头雄鹿的恐惧。这让洛克如此强烈地想起了那头雄鹿，于是他再次蜷缩起来；但是他记不得那头雄鹿去了哪儿，或者它从何而来，只知道它是从那棵死树的后面踏进开阔地的。他转过身，然后向上看去，他看到了那棵藤蔓缠身的死树，硕大无朋，顶部蓬乱，从云端直垂而下，好似一头洞熊的模样。他迅速爬到左边的小屋那里。在上方荆棘林的边上，那守岗人又呻吟了一声。

洛克沿着这个洞穴后面斜挂的树枝，一路嗅着向前行，然后他发现了一个男人，接着又一个男人，然后，又一个男人。那里没有莉库的味道，除非是他鼻孔里的那种已经泛化了的味道，它如此的微弱，以至于变成了一种也许是对她藕断丝连的意识，除此之外，一无所是。无论何时，只要他目光投向地面，这种意识就固守在那里，但是无法由其追踪到一个源头。他变得大胆起来。他不再漫无目的地、一无所获地到处乱看，而是径直奔向这个洞穴的正面开口处。

最初的时候，那些人就竖起了两根树棍，并且把另外一根长的搭在顶上。接着他们在那根长的上面靠上了数不清的树枝，这样他们就在开阔地里做成了一个带树叶的突岩。有三个这样的东西，一个在左边，一个在右边，一个在火堆和那守岗人所在的荆棘树之间。那些树枝削过的一端被用力插进泥土里，弯弯曲曲地排成一行。洛克爬到这行树枝的尽头，小心地探出了脑袋。从里面的那些形体上传来的呼吸声以及打鼾声，毫无规则，非常响亮。有个人睡在离他的脸不到一臂的地方。这个人咕哝一声，打了个嗝，然后翻了个身，一只手从身上落了下来，他张开了的手掌正好扫到了洛克的脸上。他猛地向后一退，颤抖了起来，然后他身体前倾，嗅了嗅这只手。它很苍白，微微地闪着光，就像马尔的手一样，显得很无助，很无辜。不过它狭窄一些，长一些，颜色也不同，就像菌类一样呈现出白色。

在这只手臂和那些树枝的末端斜插进泥土的地方之间，有一块狭窄的地带。莉库的画面如此疯狂地如影随形、深扎心底，驱使着他向前移动。他不知道这种情感需要他做什么，但是他知道他必须要做点什么。他开始慢慢地把身体挪进这块狭窄的地带，像一条往洞里滑行的蛇。他脸上感到了呼吸的气息，一时僵住了。有一张脸离他自己的脸还不到一只手的距离。他可以感到那神奇的头发在胳肢着他，可以看到头骨上长长的却毫无用处的额头，它使眉毛上面的脑袋得以延长。他可以看到一只眼睛，在没有闭紧的眼睑后面发出了沉闷的光泽，可以看到那不规整的狼牙，脸颊上可以感到那蜂蜜的甜酸气息。那内在的洛克同珐分享了一个恐怖的画面，但是外在的洛克无动于衷，非常勇敢，像冰一样坚定。

洛克一只手臂越过了这个睡着了的男人，在另外一边寻找着空间，然后是树叶和泥土。他把手掌紧紧地按在那块地上，准备用手和脚把自己的身体拱起来,避开这睡着了的人,然后再从他的身上越过去。就在他这样做的时候,那个男人开口说话了。那话语深深地埋在他的喉咙里,仿佛他没有舌头,又仿佛它们会干扰他的呼吸一样。他的胸膛开始迅速起伏着。洛克迅捷地把他的手臂抽回,再次蜷缩了下来。那个男人在树叶里翻了个身;他紧握的拳头啪的一声打在洛克的一只眼睛上,顿时火花直冒。洛克向后退缩,而那个男人身体拱了起来,他的肚子比他的脑袋要高一些。与此同时,那些没经过舌头的话语一直在挣扎着,并且那两只胳膊在这些倾斜的树枝之间胡乱击打着。那男人的脑袋转了过来,对着洛克,于是他可以看到那两只眼睛睁得大大的,凝视着,凝视着虚无,它们随着那脑袋转动,就像水中老妪的双眼一样。它们看透了他,恐惧在他的皮肤上收紧了。那个男人的身体越抬越高,那些话语已经变成了一系列越来越响的嘎嘎声。从另外一个小屋里传来了一阵声响。是那些女人刺耳的交谈声,接着是一声惊恐万分的尖叫。洛克身边的那个男人摔向身体的一侧,摇摇晃晃地站了起来,把那些树枝打开,于是它们倒了,在地上堆着。这个男人摇摇晃晃地向前走去,他的嘎嘎声现在变成了一声大喊,有人应了一声。其他的男人在洞穴里挣扎着,不断有大树枝被碰倒,大家都在叫嚷着。在荆棘丛的边上,那个守岗人跌跌撞撞地在同一些影子搏斗着。一个身影从洛克身边的断枝烂叶中站了起来,看到了一开始的那个男人,并把一根巨大的树枝朝他扔去。就在这一瞬间,开阔地的黑暗之中,到处都是人,他们打斗着,尖叫着。有人把火堆上的草皮踢开,于是先是一缕微弱的火光,然后火焰冲天而出,照亮了人满为患的地面以及树木形成的圆环。老翁站在那个地方,他灰白的头发缠绕在他的脑袋和脸上。珐在那儿,奔跑着,两手空空的。她看到了老翁,然后转了个方向。洛克身边的一个人影挥舞着一根巨大的树枝,目的是如此的不堪,所以洛克抓住了它。然后,他翻滚着,四肢、牙齿以及爪子乱作一团。他拉开了距离,那团东西继续搏斗着,怒吼着。他看到珐站了起来,向那些荆棘树的顶部冲了过去,然后消失在它们的后面,他看到老翁——一个由头发和闪烁着光芒的双眼构成的癫狂画面——把一根一端带有一块东西的树枝扔进那堆搏斗着的男人们中间。就在洛克自己翻过那些荆棘树的时候,他看见那个守岗人正在搏斗着要穿过它们。他双手着地,然后奔跑起来,直到灌木丛绊住了他。他看到那守岗人飞了过去,手里的那根弯曲的树棍以及树枝做好了准备,随即躲到一棵山毛榉弯曲的大树干下面,然后消失在树林之中。

现在开阔地上有一堆火熊熊地燃烧着。老翁在它的旁边站着,而其他的那些男人正站起身来。老翁大声叫嚷着,并用手指着,其中一个男人摇摇晃晃地走到荆棘丛那里,然后跟在那守岗人后面跑了起来。女人们拥簇在老翁的四周,而那个小孩塔娜吉尔也在她们的中间,她用两只手的手背遮住了双眼。那两个男人跑了回来,对着老翁大声叫嚷,然后冲开荆棘丛,走进了开阔地。现在洛克可以看到那些女人正在把树枝往火堆里扔,就是那些为她们建造了一个洞穴的那些树枝。胖女人也在那里,一只手扭在另一只的上面,哀号着,小家伙在她的肩膀之上。涂阿米正急匆匆地对着老翁说着话,一边用手指着那树林,然后指向下面地上那头雄鹿脑袋所在的位置。那堆火烧旺了;一层层的树叶像爆炸般的噼啪作响,火光冲天,所以开阔地上的那些树木都被照得清清楚楚,犹如白昼。那些人拥挤在火堆的周围,让他们的后背对着它,而正面则朝外,注视着那黑洞洞的树林。他们迅速走到那些洞穴的地方,然后拿起树枝匆匆地返回,那火堆每增加一次料,火光就变旺几分。他们开始把整张整张的动物皮拿出来,然后围在他们的身上。胖女人不再哀号了,因为此刻她正在给小家伙喂奶。洛克可以看到那些女人是如何惊恐地抚摸他,对他说话,从她们脖子上取下贝壳给他,并且同时也不停地向外面看着那些树木构成的黑暗圆环,那堆火光正是被这黑暗的圆环包围在中央。涂阿米和老翁还在交谈着,神情匆忙,不住地点着脑袋。洛克感到自身在黑暗中是安全的,但是他明白火光中的那些人拥有着难以击败的力量。他大声喊了起来:

"莉库在哪儿?"

他看到那些人稳住身体,往一起收紧了一点。只有那小孩子塔娜吉尔开始尖叫起来,皱脸女人抓住她的胳膊,摇晃她直到她安静下来。

"把莉库给我!"

"栗子头"在火光中侧着身子倾听着,用他的耳朵搜寻着声音的来源,然后他那根弯曲的树棍慢慢抬了起来。

157

"珐在哪儿?"

那根木棍在收缩,然后猛地一下子拉直了。片刻之后,有东西在空气中嗖嗖而过,就像一只鸟的翅膀一样;传来了一声粗糙的叩击声,接着是木头上弹起的声音,然后是咔嗒的落地声。一个女人冲到洛克刚才爬过的那个洞穴的地方,拿来了一整捆树枝,并且把它们扔在了火堆上。那些人黑色的剪影神秘莫测地凝望着树林的深处。

洛克转过身子,把一切交给自己的鼻子。他越过小径,发现了珐的气味,以及那两个跟在她身后的男人的气味。他向前小跑着,鼻子冲着地面,循着这会把他带回到珐身边的气味。他极度地想再听到她说话的声音,并且用自己的身体碰触着她的身体。他更加快速地穿过了这黎明前的黑暗,他的鼻子,一步一步,告诉他整个的故事。这儿是珐的脚印,在她逃跑的时候分得很开,她脚趾抓地时,把地面上的一小块半月形的泥土向后刨了起来。他发现随着远离了火光,他可以看得更加清楚,因为树木后面的天慢慢地开始破晓。再一次,对莉库的思念涌入了心间。他转过身,把自己荡上一棵山毛榉树裂开的树干里,然后透过树枝看向开阔地里。刚才追逐珐的守岗人在那些新人的面前跳着舞蹈。他像一条蛇一样爬行着,他走到那些被拆毁了的洞穴那里;他站住不动;他回到火堆的地方,像一头狼那样撕扯着,所以那些人都从他身边往后退缩。他用手指着;他创造出了一个奔跑着的、蜷缩着的东西,他的两只胳膊向鸟的双翼一样扑扇着。他在那些荆棘树的边上停住了,在它们的上面画了一条线,那条线往上、往上奔向了那些树木,直到它以一个无知的手势结束。涂阿米语速很快地对老翁说着话。洛克看到他跪在火堆的边上,清出一块地方,然后开始用一根树枝在上面画着什么。没有莉库的行迹,胖女人正坐在其中一根空心的木头里,小家伙在她肩膀上。

洛克让自己俯身贴在地面上,又再次找到了珐的踪迹,然后沿着它们跑了下去。她的脚步里充满了恐惧,他自己浑身的毛发也同情共感地竖了起来。他来到了一个地方,那些追捕者就是在此停步的,他可以看到他们其中一个是如何站在侧边上,直到他那没有脚趾的双脚在泥土上留下了深深的印迹的。他看到这些脚步之间的空隙,在那里珐向空中跃起,然后她的血液,厚厚地滴在了地上,一直从树林这里高高低低、弯弯曲曲地流回到曾经那根树干待过的沼泽地里。他跟着她进入了一片杂乱的荆棘丛中,那些追捕者已经在这里折腾一番了。他比他们走得更深,丝毫不在意那些划破他皮肤的荆棘。他看到她的双脚,像他自己的一样,在泥地里猛冲的那个地方,那里现在留下了一个开放的洞,里面积满了污浊的水。在他的面前,沼泽的表面平滑,望而生畏。已经不再有水泡从底部冒出了,并且那些被卷出向上变成一缕一缕的棕褐色污泥现在也已沉落下去了,仿佛什么事情也没有发生过一样。甚至连那些浮渣、草籽,以及聚集成团的青蛙卵都漂散开了,一动不动地浮在这些肮脏的大树枝下面的一汪死水里。脚印以及血迹到此为止;可以嗅到珐的气味还有她的恐惧;但是,除此之外,了无踪迹了。

十

浅褐色的光线渐渐变强了,被镶上了银边,那些沼泽地里黑色的水也闪烁着光芒。一只小鸟在芦苇和荆棘的孤洲里嘎嘎地叫着。远处,那头雄鹿中的雄鹿不停地在吼叫。洛克两只脚踝周围的淤泥变紧了,他不得不用两只胳膊来保持平衡。他的脑海里有一片惊愕,在这片惊愕之下,是一份沉闷而笨重的饥饿,它令人诧异地把心脏也包括了进去。自然而然地,他的鼻子开始在空气中搜寻着可食之物,他的双眼也在淤泥和荆棘丛中左看看右看看。他向前趔趄着,弓起他的脚趾,把双脚从淤泥中拔了出来,并蹒跚着来到了硬实一些的土地上。空气很温暖,一些极小的飞虫尖细地哼唱着,那声音仿佛是在脑袋上挨了一击之后进入两只耳朵的。洛克晃了晃自己的身体,但是那高亢尖细的声音挥之不去,同时那笨重的感觉又沉沉地压在心头。

在树木开始的地方,是一些球茎,它们嫩绿的尖芽刚刚破土而出。他用双脚把这些嫩芽向上卷起,递到手里面,然后再把它们塞进嘴里。外在的洛克看起来似乎并不需要它们,虽然内在的洛克让他的牙齿碾磨着它们,并且让他的喉头升起来、做出吞咽的动作。他想起来,他口还渴着,于是他跑回到沼泽边上,但是淤泥已经发生了变化;它现在令人却步了,因为它已经不是之前他追随珐气味的那个时候的样子了。他的双脚无法踏进它。

洛克弯下腰。他的两个膝盖挨着地面,他的两只手慢慢地向下探并支撑起他的重量,他用尽所有的力量,抓进泥土里。他在那些枯枝烂叶上翻滚着。他的脑袋抬起来,转动着,他的双眼眼观八路,在这两只惊愕的眼睛的下方,他那张嘴,很不自然地张开着。哀鸣的声音从他的嘴里冲了出来,那声音不绝于耳、凄厉异常,听起来痛苦万分,一个男人的声音。那些飞虫高亢的声音在继续,那瀑布也在山脚下发出低沉而单调的声响。远处,那头雄鹿又吼叫起来。

空中泛出了一片粉红,树木的顶上则是一片新绿。那些生命迹象初现的蓓蕾已然绽出了数指的长度,一簇一簇的它们在光线下已经变厚了,只有那些稍大些的树枝才能看得见。大地自身看起来像要震动一样,仿佛在把汁液强行送到那些树干之上。慢慢地,随着他哀鸣的声音的消失,洛克注意到了这个震动,感到了一丝细致的安慰。他爬行着,用手指抓起球茎,然后咀嚼着它们,他的喉咙升起来,吞咽着。他再次想起自己的口渴,于是蜷伏下来,探索着水边上的硬地。他用手紧紧抓住一根倾斜的树枝,把脑袋从上面垂下,然后在那黝黑的缟玛瑙水面上啜饮着。

树林里传来了脚步的声音。他爬回到硬实的地面上,看到了有两个新人从那些树干的地方掠过,手里拿着他们弯曲的树棍。开阔地里传来了剩下那些人的嘈杂声;有木头移过彼此的声音,有树木被砍削的声音。他想起了莉库,于是他冲去开阔地的方向跑开了,直到他可以越过灌木丛向前张望,然后他看到了那些人正在做着的事情。

“啊——嚯!啊——嚯!啊——嚯!”

就在那一瞬间,他有了一个画面,画面里那两根空心的木头正在往岸上拱,然后进入了开阔地停了下来。他悄悄地向前潜行,然后蜷伏下来。河里没有更多的木头了,所以不会有更多的会从里面出来。他有了另外一个画面,画面里那两根木头正在往回移进河里,并且这次的画面以某种方式同最初的那个画面联系得非常紧密,以至于他明白了为什么一个是出自另一个的。

"现在我是马尔。"

就在那一刻,他仿佛突然觉得他的脑袋焕然一新了,就像有一堆的画面躺在那里等着他有时间时加以分辨一样。这些画面全都沐浴在清晰的灰白色日光之下。它们展示了生命中那条孤独的丝线,正是这条丝线把他和莉库以及那小家伙紧紧联系在一起;它们展示了那些新人——对于他们,不管是外在的洛克还是内在的洛克,都心怀着一份惊恐的爱向往着——就如同那些如果可能就会杀死他的造物。

他有了一个画面,画面里莉库抬头看着塔娜吉尔,目光里全是温柔和羡慕,于是他猜想着当初哈在死亡突然来临之际,他的那份恐惧是如何迫切。他抓住了那些灌木,与此同时,胸中那如潮水般起伏的情感,贯穿了全身,于是他撕心裂肺地大声号叫起来。

"莉库! 莉库!"

那些砍削的声音停下了,变成一阵长长的、碾磨似的噼啪声。在他的前面,他看到了涂阿米的脑袋和两个肩膀迅速地向一边移动着,接着一整棵树轰然倒下了,大树的那些手臂弯曲着,上面散布着郁郁葱葱的绿叶。随着那棵树上的绿色部分向侧边散开,他又可以看到那开阔地,因为那些荆棘树已经被拆毁了,那两根木头正在从中穿出。涂阿米正在大声叫嚷着,而"灌木"正在努力地要把他的那根弯曲的树棍从肩膀上拿下来。洛克飞速地跑开,直到那些人在小径开始的地方,变得小小的。

那两根木头并没有回到河里面,而是冲着大山而来。他试图从中看出另一个画面,但是却无能为力;然后,他的脑袋又变回了洛克的脑袋了,空空如也。

涂阿米正在砍那棵树,砍的部位不是那树干的本身,而是那些胳膊伸出的地方,因为洛克可以听出声音上的区分。他也可以听到老翁的声音。

"啊——嚯！啊——嚯！啊——嚯！"

那根木头沿着小径向前拱着。它骑在其他两根木头的上面，它们已经落入了松软的泥土中，那些人喘着粗气，大声嘶喊着，精疲力竭，惊恐万分。老翁尽管没有碰触那些木头，但是他的工作比其他任何人都要辛苦。他跑来跑去，发号施令，提出忠告，模拟着他们的奋斗，与他们一起大口地喘气；同时，他那高亢的鸟一样的声音一直不停地上下飞舞着。女人们和塔娜吉尔分列在那空心木头的两边，甚至那胖女人也在后面用力推着。

那根木头里只有一个人；小家伙站在底部，他的双手紧紧地扶住侧边，两只眼睛向上盯着这喧哗与骚动。

涂阿米从小径的那一边走了回来，拖着那棵树一段巨大的树干。当他把它弄到平滑的地面上，他开始把它向那根空心木头滚去。女人们聚集在那双凝神关注的眼睛周围，使劲地向上向前推着，那根木头因为有了那段在其下方转动的树干，正轻松地滚过那松软的地面。那双眼睛看向下面，这时，"灌木"和涂阿米从后面拿来了一段小一些的转动之物，这样那根木头就绝不会碰到地面了。运动和纷乱持续不停，仿佛围绕着岩石上裂缝的一群蜜蜂，组织有序，倾尽全力。那根木头沿着小径，朝着洛克移了过来，小家伙在上面摇摇摆摆，颠起落下，时而发出喵喵的声音，但是绝大多数时间里，他目光紧盯着那些人中离他最近的或者精力最充沛的那个。至于莉库，没有地方可以看到她的身影；但是洛克，在一闪现的马尔式思考的帮助下，想起了还有另外一根木头以及许多一捆一捆的东西。

正如那小家伙除了看以外，什么也不做，洛克全神贯注地看着他们的到来，就像一个看着潮水涌来、不知退却的人，直到水花溅起打湿他的双脚。只有当他们离他非常近，以至于他可以看到小草在那转动之物的前方被压平的时候，他才想起这些人非常危险，于是他飞快地跑开，钻进了树林。他在他们被遮挡在视线之外，但是依然在听力所及范围的时候，停了下来。那些女人叫喊着，长时间地推动那根木头已经让她们精疲力竭，而那老翁声音变得嘶哑了。洛克身体里的感觉是如此的多，以至于它们使他困惑不已。他害怕那些新人，同时又觉得他们像一个生病了的女人那样可怜。他开始在树木的下面游荡着，找到了食物就随手摘起，如果找不到，也不在意。那些画面离开了他的脑袋，现在他身体里除了那些无法检验也无法否认的杂多纷乱的感觉，就空无一物了。他起初认为他是饿了，于是他把能够找到的一切都塞进嘴里。突然，他发现他正在往嘴里塞的东西是初生不久的幼枝，它们滑溜溜的树皮里面，酸涩不堪，一无是处。他胡塞乱咽着，接着他四肢着地趴伏下来，把所有的幼枝又都吐了出来。

164

那些人的声响减弱了一些，直到他除了那老翁发令或者发怒时的声音以外，什么也听不到了。在下面的这个地方，树林变成了沼泽，天空在灌木丛、蔓生的柳树以及河水的上方敞开着，在他们的道路上并没有其他的行迹。那两只斑尾林鸽交谈正欢，一心想着交配；一切都没有改变，甚至那个红头发小孩曾经在上面荡过、大笑过的那个巨大的树枝依然原样未变。所有的事物都在这片温暖的荒芜中得到了滋养，欣欣向荣。洛克站起身，沿着这些沼泽的边上，向珐消失的那个浅湖漫步而去。成为马尔是件骄傲而沉重的事。那新生的脑袋明白某些事情就像海里的一朵浪花已经消失无踪、永不复回了。它知道不幸必须要痛苦地拥抱起来，就像一个男人或许会抱住荆棘一样，同时，他寻求着领会那些新人，因为所有的变化皆由他们带来。

洛克探索出了"仿佛是"。他一生中一直在使用仿佛这个词，只是没有意识到它。在树上的菌类是耳朵，用的词是一样的，但是情境会赋予它明显的分别，所以绝不会用它来表示他脑袋两侧的那些敏感的物件。现在，领悟给了他一激灵，洛克发现自己正在把仿佛作为一个工具在使用，就像他从前一直使用一块石头砍削树枝或者动物的肉那样笃定。"仿佛"可以用一只手把那些白脸的捕猎者抓住，可以把他们放在一个可以对他们加以思考的世界中，在那里他们绝非是一种突兀且不相干的擅自闯入。

他的脑子里正在生成那些捕猎者的画面，画面里他们拿着他们弯曲的树棍走了出来，带着技巧和恶意。

"那些人仿佛是一棵树的空心里的一头饥肠辘辘的狼。"

他想到了胖女人保护着小家伙不受老翁伤害的样子，想到了她的大笑声，想到了那些男人为同一个负载而一起工作着，并且互相咧着嘴。

"那些人仿佛是从岩石的裂缝里汩汩流出的蜂蜜。"

他想起了玩耍着的塔娜吉尔、她灵巧的手指、她的大笑声，以及她的树枝。

"那些人仿佛是那些圆石头里的蜂蜜，那种闻起来带着死亡和烈火气息的新式蜂蜜。"

"他们仿佛是那河水和瀑布，他们就是那瀑布的生民；没有什么可以与他们抗衡。"

他想到了他们的耐心，想到了那虎背熊腰的涂阿米用彩色的泥土创造着一头雄鹿。

"他们仿佛是欧阿。"

他的脑子混沌了起来，一片黑暗；接着，他又变成了洛克，漫无目的地在那些沼泽的边上游荡着，而那种食物无法满足的饥饿感又重新袭来。他可以听到那些人在沿着小径往开阔地里第二根木头所在的地方奔跑，他们虽然没有说话，但是他们脚步在地上发出的咯噔和沙沙声还是出卖了他们。他分享了一个画面，这个画面仿佛是冬日里的一束阳光，在他尚未看清之前，就消逝不见了。他停下脚步，抬起了头，鼻孔翕张着。他的两只耳朵接管了生命的运作，它们不再重视那些人发出的声响，而是全神贯注于那些把平滑的胸膛迅猛地移过水面的母赤松鸡。它们组成了一个宽广的角度朝着他游了过来，看到了他，然后它们的队形猛地切分成两半，再然后它们全都向右边游去。一只水鼠跟在它们的后面，它耸起了鼻子，身体在它自身制造出的水花里摇摆着。传来了一阵水流冲刷的声音，那些沼泽里到处点缀着荆棘丛，在它们之间不时有嗖嗖和吧嗒的声音发出。洛克跑开了，然后又返了回来。他蜷伏着通过了泥地，然后开始扒开挡住他视线的荆棘。那水流的冲刷已经停止，化成了阵阵涟漪，轻拍着那些荆棘树，溅起的水花淹进了他的脚印。他用鼻子在空中寻找着，同那些荆棘丛做着斗争，终于他穿越了过去。他向水里走了三步，歪歪扭扭地陷入了淤泥之中。那水流又开始冲刷了，于是洛克迈着醉汉的步伐冲着它走去，嘴里大声笑着，不时说着话。外在的洛克接触到了围绕在他大腿四周那冷冷的东西，并且感到把他的双脚往下吸的那看不见的淤泥抓住了他，于是他身上的毛发就竖了起来。那沉重的感觉，那饥饿的感觉不断增强着，变成了填满他全身的一团云，一团太阳装满了火的云。不再有沉重的感觉了，只有那轻松的感觉，让他说着话、大声笑着，仿佛是那些蜂蜜人，他一边大声笑着，一边把他两只眼睛里的水眨了出去。它们已经分享了一个画面。

"我在这儿！我来啦！"

"洛克！洛克！"

珐的两只胳膊举了起来，她的两个拳头紧握着，她的牙齿紧咬着，她前倾着身子，正在用力地穿过水面。他们紧紧地抱在一起，这时他们的大腿依然没在水面之下，他们笨拙地向岸边走去。在他们能再次在嘎吱作响的淤泥里看到他们的双脚之前，洛克大声笑着，说着话。

"独自一人真是糟糕。独自一人太糟糕了。"

珐扶着他，一瘸一拐。

"我受了点伤。是那个男人用一根树枝上的一块石头干的。"

洛克摸了摸她大腿的前面。伤口不再流血了，但是黑色的血迹凝结在上面，仿佛是一条舌头。

"独自一人真是糟糕——"

"在那个男人伤到我以后，我跑进了水里面。"

"水是一个恐怖的东西。"

"水比那些新人要好一些。"

珐把胳膊从他的肩膀上拿开，然后在一棵山毛榉树下蹲了下来。那些人从开阔地那里返回了，带着那第二根木头。他们一边走，一边低声呜咽着、大口喘着气。那两个早些时候走开的捕猎者正在大山的岩石上朝下大声叫嚷着。

珐把她受伤的那条腿直直地伸在身前。

"我吃了蛋、芦苇，还有青蛙卵糊。"

洛克发现他的双手不停地伸出来，抚摸着她。她阴郁地冲着他微笑。他想起了那个瞬间的关联，正是它把那些彼此毫不相干的画面显现出来。

"现在我是马尔。做马尔很是沉重。"

167

"做真正的女人很是沉重。"

"那些新人仿佛是一头狼和蜂蜜,腐败了的蜂蜜以及那条河。"

"他们仿佛是树林里的一团火。"

十分突然地,洛克有了一个画面,那画面来自他脑海里非常深的地方,以至于他之前都不知道它存在于那里。一时间里,这画面似乎外在于他,所以整个世界改变了。他自身还是像以前一样大小,但是其他的万事万物突然之间变大了起来。那些树木硕大如山。他不是在地面上,而是骑在一个后背上,并且他的双手和双脚紧紧抓住了那红棕色的毛发。在他身前的脑袋——尽管他无法看清那张脸——是马尔的脸,同时一个身形庞大许多的珐奔跑在他的前方。头顶上方的那些树木正在喷出缕缕的火焰,这些火焰散发的气息向他袭来。情况紧迫,肌肤同样在收紧——那是一种恐惧。

"现在,就像是当初大火四溅并把所有树木都吃光的时候。"

那些人以及他们的木头所发出的声响从远处传来。有一些人沿着通往开阔地的那条小径奔跑而来。先是一阵鸟叫一样的声音,然后寂静了下来。那些脚步沿着小径吧嗒吧嗒地往回走去,然后再一次消失了。珐和洛克站了起来,向那小径走去。他们不说话,但是在他们小心谨慎地兜着圈子的时候,他们默许了一个事实:那些人不能置之不理。他们也许像火焰或者河水那样恐怖,但是他们也像蜂蜜或者肉食那样吸引人。那条小径像其他一切被那些人接触过的事物一样,已经改变了。泥土被刨开了,到处散落着,那些转动之物已经压出了一条很平整的道路,其宽度足以让洛克和珐再加上另外一个人并排走过。

"他们把他们的空心木头放在那些可以滚动的树木上向前推。小家伙在一根木头里。而莉库会在另外一根里。"

珐悲伤地看着他的脸。她指向平整的地面上的一块污迹,它原先是一个鼻涕虫。

"他们已经把我们像一根空心木头那样改变了。他们仿佛是冬天。"

那感觉再次回到洛克的身体里;但是因为珐就站在他的面前,所以这种沉重的感觉他还能忍受。

"现在只有珐和洛克,以及小家伙和莉库了。"

她默默地看了他一会儿。她伸出一只手,他抓住了它。她张开她的嘴想要说话,但是没有发出声音。她摇晃了一下她整个身体,然后开始颤抖起来。他可以看到她控制着身体的颤抖,仿佛是在一个雨雪的清晨,离开了舒适的洞穴。她抽开了她的手。

"来吧!"

那火堆还在巨大的一圈灰烬中阴燃着。那些栖息处已经拆毁了,尽管那些支柱还伫立着。至于开阔地的地面,它已经被掀翻了,仿佛一大群牛在此乱窜了一番。洛克悄悄潜入到开阔地的边缘,而珐拖在后面。他开始绕起了圈。在开阔地的中央,是那些图形和礼物。

当珐看到这些的时候,她往里移动,来到了洛克的身后,然后他们呈螺旋形地靠近它们,他们的耳朵竖了起来,听着那些人是否返回。那些图形杂乱不堪地摆在火堆的旁边,在那里,那头雄鹿的脑袋依然高深莫测地注视着洛克。现在那里有了一头新的雄鹿,带着春天的颜色,非常肥硕,但是另外一个形体横压在它的身上。这个形体是红色的,拥有着庞大的、伸展开来的胳膊和腿,并且它那张脸直直地瞪着他,因为那两只眼睛是白色的鹅卵石。那毛发在脑袋的周围竖立着,仿佛那形体正在做着某种狂热的残忍行为,并且,有一根树桩贯穿了这个形体,把它钉在那头雄鹿身上,那树桩插得非常的深,它的末端裂开了并翻卷着。这两个人心怀畏惧,从它的身边退了回去,因为他们还从来没有见过任何如此这般的东西。接着,他们胆怯地回到了那些礼物的地方。

一头雄鹿的整个胯部,是生的,不过相对来说没有血液,挂在那树桩的顶部,并且在那个瞪视着的脑袋边上还有一块打开了的石头,里面装着蜂蜜水。蜂蜜的气味从中冒出,仿佛是从火堆里冒出的烟和火焰。珐伸出一只手,碰了碰那鹿肉,它荡了一下,于是她猛地把手缩了回来。洛克又围着那个形体绕了一圈,他的双脚避开了那向外伸展着的四肢,而他的双手慢慢地向外探了出去。突然之间,他们撕扯着那礼物,撕下肌肉,然后把那生肉往他们的嘴里塞去。他们一刻也不停,直到他们的皮肤因为食物而紧绷起来,而那根树桩上只剩下一根闪闪发光的白骨头,由一根兽皮条挂着。

终于,洛克向后站起了身,然后在大腿上擦了擦他的双手。依然一言不发,他们向里面转过身,面对着彼此,然后在那个罐子的边上蹲了下来。他们听到在通往阶地的那个斜坡那里,老翁发出的声音:

"啊——嚯!啊——嚯!啊——嚯!"

罐子的开口处传来的气味非常浓烈。一只苍蝇在罐口沉思着,然后,随着洛克呼吸的气息逼得更近,它振起了双翅,飞了一小会儿,接着又落了下来。

珐用手抓住洛克的手腕。

"别碰它。"

但是洛克的嘴就紧挨着那罐子,他的鼻孔张大着,他的呼吸急促起来。他沙哑着嗓子大声说道:

"蜂蜜。"

突然地,他俯下身子,把嘴巴插进了那个罐子,然后吮吸了起来。那腐败了的蜂蜜灼烧着他的嘴和舌头,于是他向后翻了一个筋斗,然后珐从罐子那里跑开,围着那火堆的灰烬转起了圈。她站住,目光中满是恐惧地看着他,而他吐了一口,然后开始爬了回来,追踪着那个罐子,它等着他,散发着气味。他小心翼翼地低下身子,然后呷了一小口。他吧嗒着嘴,然后又吮吸了起来。他向后坐起身子,然后冲着她的脸大声笑了起来。

"喝。"

她踟蹰不决地朝着罐子的开口处弯下了身子,然后把她的舌头伸进那针刺般的、甜蜜的东西。洛克突然向前跪了下来,嘴里面说着话,并且把她推开,所以她惊愕不已,并蹲了下来,一边舔着嘴唇,一边往外吐着。洛克把嘴埋进了罐子,并且吮吸了三次;但是在第三次吮吸的时候,蜂蜜的表面已经滑下去够不着了,所以他吸进去了空气,接着就爆发了一阵呛咳。他翻滚在地面之上,试图重新找回自己的呼吸。珐试着喝到蜂蜜,但是她的舌头够不着,于是她怨恨地对他说着话。她默默地站了一会儿,然后捡起那个罐子,像那些新人一样把它放在嘴的边上。洛克看着她把那块大石头放在脸上,大声笑了起来,并且试图告诉她,她是多么滑稽。他及时地想起了蜂蜜,跳了起来,并且试图从她的脸上拿下那块石头。但是它卡住了,粘住了,所以当他往下拉拽它的时候,珐的脸也随之被拉了下来。接着,他们拉来拉去,冲着彼此大声叫嚷着。洛克听到他的声音传了出来,高亢、响亮,并且野蛮。他放下手去审查这新生的声音,于是珐踉踉跄跄地抱着罐子往后退去。他发现那些树木非常轻柔地向侧边和上方移动着。他有了一个宏伟的画面,这个画面可以让一切重回正轨,他想向珐描述这个画面,但是珐不愿意听。接着他脑子里什么也没有了,只剩一个曾经有过一个画面的画面,这让他怒不可遏,如疯似狂。他伸手去捕捉这个画面,大喊大叫,他听到了这个声音——它和内在的洛克已经脱离了干系——在大笑,仿佛是一只鸭在嘎嘎地叫着。但是那个画面的开始是一个词语,尽管那画面本身已经湮灭不见了。他停止了大笑,然后开始非常肃穆地对着珐说话,珐依然站在那里,那块石头还在她的脸上。

"木头!"他说,"木头。"

然后,他想起了那蜂蜜,于是愤怒地把那块石头从她那里拉开。她红色的脸从罐子里一露出来,她就开始大笑并且说起了话。洛克就像那些新人那样捧着那罐子,那蜂蜜流到了他的胸脯之上。他扭动着身体,直到他的脸位于那个罐子的下面,然后设法把那细流弄到嘴里。珐尖叫着,同时也在大声笑着。她摔倒在地,翻滚了起来,接着她向后躺下,双脚往空中踢着。洛克以及那蜂蜜笨拙地回应着这个邀请。这时候,他们都想起了那个罐子,于是他们又开始拉来拉去,争执不休。珐勉强喝到了一点,但是那蜂蜜已经变得凝滞,难以弄出了。洛克抢过罐子,同它扭摔起来,用他的拳头捶打着它,大声叫嚷着;但是没有更多的蜂蜜了。他愤怒地把罐子猛地摔向了地面,罐子咧开嘴,变成了两块。洛克和珐飞起身,冲向那两块东西,蹲了下来,一人一块地舔舐着,并且把自己的那块颠来倒去,想要找到蜂蜜去了哪儿。那瀑布在开阔地里、在洛克的脑海里,喧腾着。那些树木移动得更加快了。他跃身而起,发现地面就像是一根木头那样危险。他在一棵树移过他的时候,敲打了它一下,让它不要动,接着他仰面朝上躺了下来,头顶上的天空在旋转着。他翻过身体,爬了起来,屁股最先抬起,摇摇摆摆地,仿佛是那小家伙。珐围着火堆的灰烬转圈爬着,仿佛是一只翅膀烧焦了的飞蛾。她自言自语地谈论着那些鬣狗。突然,洛克在自己体内发现了那些新人的力量。他成了他们中的一员,没有什么事情他不能做了。开阔地里留下了许多的树枝,还有尚未燃烧的木头。洛克向边上跑去,来到一根木头的地方,然后命令它移动。他大声叫嚷起来。

"啊——嚯!啊——嚯!啊——嚯!"

那根木头滑动着,就像那些树木一样,但是速度不够快。他继续大声叫嚷着,但是那根木头并没有更快地移动。他抓起一根树枝,一遍一遍地击打着那根木头,就像塔娜吉尔曾经击打莉库的那个样子。他有一个画面,画面里那些人分列在那根木头的两侧,使着劲,嘴张开着。他冲着他们大声叫嚷,就像老翁做的一样。

珐从他身边爬了过去。她的移动,非常缓慢,从容不迫,就像那根木头以及那些树木一样。洛克大吼一声,甩起那根树枝打向她的屁股,那树枝裂开的一端飞了出去,在树木之间弹了几下。珐尖叫一声,然后踉跄地站起来,于是洛克又击打了一下,这次没打着。她转过身子,然后他们面对面地站着,大声叫嚷着,而那些树木滑动着。他看到她左边的乳房动了一下,她的胳膊举了起来,她张开的手掌停在空中,那个手掌颇有几分重要性,以至于随时有可能成为他必须加以关注的东西。接着,他的这一侧脸被闪电击打了一下,整个世界都晕眩了起来,然后大地站了起来,朝着他右侧脸给了雷鸣般的一击。他斜靠在垂直的地面上,而他的这一侧脸张开,然后合上,火焰从中喷涌而出。珐躺了下来,变得模糊,然后靠得更近。接着,她把他往上拉着,或者往下拖着,他的双脚之下再次有了坚实的土地,而他依偎在她的身上。他们哭泣着,冲着彼此大声笑着,而瀑布继续在开阔地里喧腾着,与此同时,那棵死树蓬乱的树冠向着天空攀缘而上,变得越来越大,而不是越来越小。他似乎超然物外,但惊恐不已,他知道靠近她会好一些。他把脑子里奇异的感觉和蒙眬的睡意放在一边;他窥寻着她,盯着她的脸,那张脸同那树冠蓬乱的死树一样,不停地向后消逝着。那些树木依然还在滑动着,不过非常有规律,仿佛这一直以来就是它们的天性使然。

他透过雾霭对她说：

"我是新人中的一员。"

这让他雀跃起来。接着他走过开阔地，步履缓慢，一摇一摆，他认为这就是新人的步态。那个画面进入了他的脑海，画面里珐必须要切掉他的一根手指。他绕着开阔地缓慢地走着，试图要找到她，并且告诉她那样做。他在靠近河边的那棵树后找到了她，而她正生着病。他告诉她有关老妪在水里的情况，但是她未加理睬，所以他又回到那摔碎了的罐子旁，舔舐着里面腐败了的蜂蜜的残余踪迹。地面上的形体变成了老翁，于是洛克告诉他，现在新人们中又新增了一员。接着，他感到非常疲惫，于是地面变得柔软起来，而他脑子里的那些画面萦绕往复着。他对那个男人解释道，现在洛克必须要回到突岩那里去，但是说到这里，尽管他的脑袋天旋地转，他还是想到已经没有突岩了。他开始呻吟起来，声音很大，也很轻松，这呻吟很是令人愉悦。他发现当他看向那些树木的时候，它们向两边滑开，只有付出极大的努力才能使它们合到一处，而这种努力他已经无力做出了。突然，变得空无一物了，只有阳光，以及那两只斑尾林鸽的声音掩盖住了瀑布的低沉轰鸣声。他的双眼自行闭上了，然后他摔了下来，就像是从睡眠的悬崖之上跌落一样。

十一

珐正在摇晃着他。

"他们正在离开。"

有一双手——不是珐的双手——紧紧地箍在他的脑袋上,产生了一阵火辣的疼痛感。他呻吟一声,然后滚向一边,要挣脱那双手,但是它们按得很紧,不断地挤压着,直到那疼痛深入脑髓。

"那些新人正在离开。他们把那些空心的木头带到了阶地的斜坡上。"

洛克睁开双眼,疼得叫唤了一声,因为他似乎直直地看着太阳。水从他的双眼里奔涌而出,在两个眼睑之间凶猛地闪耀着。珐再次摇晃着他。他用双手和双脚摸索着地面,然后把自己稍微抬离了地面。他的胃部收缩了一下,就在那一瞬间,他病倒了。他的胃部有属于它自身的生命;它升起来,扭成一个硬结,想要和这邪恶的、闻起来像蜂蜜的东西划清界限,并将它拒之于外。珐抓住了他的肩膀。

"我的胃部也一直在生病。"

他再次转过身体,费力地蹲了下来,两只眼睛并没有睁开。他可以感到太阳正在他的一侧脸上灼烧着。

"他们正在离开。我们必须夺回小家伙。"

洛克掰开他的双眼,小心翼翼地透过已经黏在一起的两个眼睑向外张望着,想要看看这个世界发生了什么变化。它更加明亮了。大地和树木除了色彩以外,看不出它们是由什么组成的,并且它们在摇晃着,于是他再次闭上了双眼。

"我生病了。"

一时间里,她什么也没说。洛克发现箍住他脑袋的双手是在他脑袋的里面,并且它们挤压得如此紧,以至于他可以感到鲜血在他脑袋里脉动着。他睁开双眼,眨了眨,于是这个世界稍微安分了一些。那里依然有着令人目眩的五颜六色,但是它们不再摇晃了。在他的前面,大地一片深棕色和红色,树木是银白色和绿色,那些树枝覆盖在一层层茂密的绿色火焰之中。他蹲了下来,眨巴着眼睛,感觉着他脸上的疼痛,与此同时,珐继续说着。

"我当时病了,而你又没有醒来。我走过去看那些新人。他们的那两个空心木头已经移到了斜坡的上面。那些新人受到了惊吓。他们像受到了惊吓的人那样站立着、移动着。他们用力推,流着汗,不时回头注视着他们背后的树林。但是树林里没有危险。他们是受了一无所有的空气的惊吓。现在我们必须从他们手里把小家伙抢回来。"

洛克把双手放在他这一侧的地面上。天空明亮,整个世界色彩缤纷,但是它还是他所熟悉的那个世界。

"我们必须从他们手里带走莉库。"

珐站起身,然后绕着开阔地跑了起来。她返了回来,然后向下看着他。

他小心谨慎地站了起来。

"珐说了'做这个!'"

他顺从地等待着。马尔已经从他的脑海里消失了。

"这儿有一个画面。洛克走到悬崖边上的那条路上,在那里新人们看不到他。珐迂回着走,然后爬到那些人上面的大山上。他们会跟过来的。那些男人会跟过来的。这时候,洛克从那胖女人手里抢过小家伙,然后逃走。"

她抓住他的两只胳膊,并且面带哀求地看着他的脸。

"还会有一堆火的。并且我将会有孩子们的。"

一个画面涌入了洛克的脑袋里。

"我会这样做的,"他坚毅地说,"并且当我看到莉库的时候,我也会带上她的。"

珐的脸上露出了一些神情,这些神情他不能够理解,这已经不是第一次了。

他们在斜坡的脚下分开了,在那里灌木丛依然把他们的身体遮掩住,那些新人看不到。洛克向左边走去,而珐飞快地掠过树林的外边,绕着斜坡转了一个大圈。当洛克回头张望的时候,他可以看到她,像一只松鼠一样浑身红色,在树木的遮掩下,大多数时间里四肢着地地奔跑着。他开始向上攀爬,耳朵一边聆听着声响。他来到河水上面的小道上,瀑布就在他的前方喧腾着。较之以前,倾泻而下的水更多了。在底部,从盆地那里传来了更加震撼魂魄的雷鸣声,而烟雾则弥漫在小岛的上方,一直延伸到远处。瀑布那层层的水帘,震颤出一束束乳白的颜色,再散开化为奶油一般的物质,这物质同那升腾而起并与之相遇的跃动的喷雾以及薄烟浑然一体了,难辨彼此。在小岛的远方,他可以看到那些春叶葳蕤的绿色树木,在瀑布口那里滑动着。它们一时间会消失在那喷雾里,然后又重新冒出头来,在河水中散乱倾斜着,颠簸晃动着,仿佛有一只巨手在它们的下面摆弄着它们。但是在小岛的这一边,没有树木映入眼帘;只有充沛的水流奔腾不息,闪闪发光,连同那乳白色的奶汁一起倾泻进一片喧嚣之中,还有那白色的、飘飘荡荡的烟雾。

这时候,透过这一切水的喧嚣,他听到了那些新人的声音。他们在右边,掩藏在那块逐渐升起的岩石之后,那些冰姬原先就是悬挂在那里的。他停住脚步,然后听到了他们冲着彼此尖叫着。

这里,四面八方的景色是如此的熟悉,他们自己人的历史依然还萦绕在这些岩石的周围,于是他的悲伤,以一种新的力量,重新袭来。那蜂蜜并不曾杀死这悲伤,只是让它睡眠了一会儿,而现在它又恢复如旧了。他面对着这种空虚的感觉呻吟不已,并且他对斜坡另一面的珐有了一种强烈的情感。还有莉库,在那些人中的某个地方,他想要她们中的一个或者两个都要的情感变得急切起来。他下定决心要爬上那个裂缝,冰姬们曾经悬挂在那里,这时,那些新人的声音更加大了。很快,他就来到了悬崖的端口处,越过一只手掌宽的土地、散落的小草,以及矮小的灌木,向下张望着。

那些新人再一次为他表演起来。他们已经在那些木头上做了一些毫无意义的事情。有一些木头上揳进了一些岩石,另一些横躺在它们的身上。斜坡上伤痕累累的土地向右边直接通往阶地,于是他明白了,那另外一根木头已经抵达突岩里。那些人现在正在忙活的这一根,被放在那些揳入好岩石的木头中间,直直地指向斜坡的上面。从它的上面引下来一些厚厚的、扭曲的兽皮条。在这根空心的木头后面,有一根木头被交叉地揳入,它的中点部位抵着一块露出地面的岩层,获得了平衡,并且这个近端被一块想要滚下坡的大圆石的重量给压弯了。就在洛克看着这个景象的时候,他看到那老翁拉动了一根扭曲的兽皮条,然后那块大圆石获得了释放。它推着那根木头,迫使它滑下斜坡,而那根空心木头则向相反的方向滑去,直奔阶地而去。那块大圆石完成了它的使命,一路颠簸地向下滚到了树林里。涂阿米已经把一块石头卡在那根空心木头的后面,然后那些人大声叫嚷着。在那根木头和阶地之间已经没有更多的大圆石了,所以现在那些人就干起了那大圆石的活。他们抓住那根木头,然后使劲推着。老翁站在他们边上,一条死蛇挂在他的右手上。他开始呼喊——啊——嚯！而那些人用尽全力，直到他们的脸都起了皱。那根木头往上移动着。

过了一会儿，洛克注意到了其他的人。胖女人并没有推木头。她好好地站在一边，位于洛克和那根空心木头的中间，并且她正抱着小家伙。现在洛克能够明白，珐所说的新人们的惊吓是什么意思了，因为胖女人一刻不停地四下张望着，她的脸甚至比她在开阔地的时候还要苍白。塔娜吉尔紧挨着她站着，于是她被部分遮住了。仿佛他的双眼已经被打开了一样，洛克可以看到这种恐惧加强了那些人使劲推动木头时的癫狂状态。那些人听从那条死蛇，仿佛它能从他们已经瘦弱不堪的身体里，呼唤出一种他们本身无法驾驭的力量。在涂阿米的努力中以及老翁尖叫的嗓音里，有着一种歇斯底里的速度。他们向后退到斜坡的上面，仿佛有一些大猫，露出它们邪恶的牙齿，正在他们身后追赶着，仿佛那河水本身正从上坡处流了下来。然而，那河水待在它的河床里，同样，斜坡上除了那些新人，什么也没有。

"他们受到了空气的惊吓。"

"松树"大叫一声，然后滑倒了，涂阿米立刻把那块岩石卡在那根木头的后面。那些人聚拢在"松树"的周围，吱哇乱叫着，老翁挥舞着他的蛇。涂阿米用手指着山腰的地方。他俯下身，接着一块石头砰的一声击打在空心木头的上面。吱哇乱叫的声音变成了一阵尖叫声。涂阿米，用尽全身力量后仰着，用一小段的兽皮条拉住那根木头，而那木头向侧边研磨过去。他把兽皮条系紧在一块岩石上，然后那些男人散成一排，面对着大山。视线中可以看到珐，一个小小的红色身影，在他们上方的一块岩石上手舞足蹈着。洛克看到她的胳膊挥动了一下，接着另一块石头嗡嗡地穿过了那排人。那些男人弯曲着他们的树棍，然后猛地把它们放直。洛克看到一些小树枝向那块岩石飞去,在它们到达珐之前就停了下来,然后转过身,又落了回来。另一块石头砸碎在那根木头边上的岩石上,接着胖女人向洛克所在悬崖的地方跑了过来。她停了下来,然后往回转身,但是塔娜吉尔跑了上来,一直来到悬崖的端口。她看见了他,尖叫了起来。他一跃而起,在胖女人还未来得及转身之前,就抓住了她。他抓住塔娜吉尔两只瘦弱的胳膊,然后迫切地对她说:

"莉库在哪儿!告诉我,莉库在哪儿?"

一听到莉库的名字,塔娜吉尔开始挣扎起来,并且大声尖叫着,仿佛她已经跌落到深水里。胖女人也在尖叫着,而小家伙已经爬到她的肩膀上了。老翁沿着悬崖的端口跑了过来。"栗子头"从木头所在的地方赶了过来。他径直向洛克冲了过来,并且他的牙齿是裸露着的。这尖叫声再加上这牙齿使洛克感到一阵恐惧。他放了塔娜吉尔,于是她蹒跚地退了回去。她的一只脚踩到了"栗子头"的膝盖,而他正向洛克扑过来。他一下子扑到了洛克身后的空气中,弱弱地哼了两声,然后就摔下了悬崖。他坠落时恰好吻合悬崖的精妙曲线,所以他看起来似乎是肚子朝前往下飞掠的,离着岩石绝不会超过一个手掌的宽度,但是一次也没有碰到它。他就这样消失了,甚至连一声尖叫都没有留下。老翁把一根树棍掷向洛克,洛克看到树棍的顶端有一块锋利的石头,所以躲开了它。接着,他奔跑在那张大着嘴的胖女人和平躺在地上的塔娜吉尔之间。那些刚才向珐扔树枝的男人已经转过身来,注视着洛克。他行动十分迅捷,穿过了斜坡,直到他来到系住那根木头的兽皮条那里。他使劲用腿踢着这兽皮条,在它开始松动之前,他胫骨上的皮肤差不多快要磨完了。那根木头开始向边上滑去。那些人停止了对洛克的注视,转而注视着那根木头,于是他一边跑着,一边转过他的脑袋去看他们在看什么。那根木头在那两个转动之物上面获得了速度,但是在此之后，它们就不是必需的了。它在斜坡变得陡峭的下落处离地而起，然后在空中向前飞行。它的后部撞在一块岩石的尖角上，于是那根木头顿时从头到尾整体地裂为两个半块。这两个半块继续前行，不断翻滚着，直到它们摔碎在树林之中。洛克跃入一个小峡沟之中，然后那些人消失在视线中。

珐在这个小峡沟的起始处跳来跳去，于是他以最快的速度向她跑去。那些男人正在穿过那些岩石向前进发着，手里拿着弯曲的树棍，但是他先赶到了她的身边。他们正准备爬到更高的地方，这时候，那些男人停下了，因为老翁正冲着他们大声叫嚷着。即使不知道他说的是些什么，但是洛克可以理解他的手势。那些男人跑下岩石，然后消失到目不能及的地方。

珐也龇着她的牙齿。

她挥舞着她的双臂来到洛克的身边，她一只手里依然握着一块锋利的石头。

"你为什么不抢走小家伙？"

洛克防御性地伸出了他的两只手。

"我问了莉库的情况。我问了塔娜吉尔的。"

珐的两只胳膊慢慢地放了下来。

"来吧！"

太阳朝隘口的方向渐渐沉沉了下去，渲染出一片金色和红色。他们可以看到就在珐在前头领路，奔向突岩上方悬崖的时候，那些新人在阶地上匆匆行走着。那些新人已经把那根空心木头移到了阶地靠近河水上游的那一端，并且试图让它通过那些树干组成的拦坝，这拦坝现在就横亘在当初洛克和珐穿过河水前往小岛的地方。他们把它从阶地上滑下，于是它躺进了水中，周围都是木头。那些男人使劲地推开那些树干,试图使它们转向岩石的另一端,在那里它们可以被水流冲下瀑布。珐在山腰上来回跑着。

"他们会带着小家伙一起走的。"

她开始跑下那块陡峭的岩石,这时太阳也沉入到隘口之中。群山的上面铺上了一层红光,而那些冰姬如浴火中。洛克突然大喊一声,于是珐停了下来,并且看向下面的河水。有一棵树直奔那拦坝而来;不是一个小树干或者一段断枝,而是从视平线远端的树林里漂来的一整棵树。它沿着隘口的这一边而来,树上面新生的枝丫茂盛,巨大的树干半遮半掩,散布在水面之上的根系庞杂,这些根系之间裹带的泥土足以为这个世界上所有的人造一个炉膛。当它进入到视线之中,老翁开始大叫并跳起舞来。那些女人从她们正在往那空心木头里放下的一捆捆东西那里抬起头来张望着,而那些男人穿过了拦坝爬了回来。那些根系撞到了那拦坝的上面,于是碎裂的木头飞向空中,或者慢慢地竖立起来。它们勾住那些根系,挂在上面。那棵树停住了行进,并向边上荡去,直到它沿着阶地之上的悬崖横亘着。此时,在那根空心木头和开阔水域之间阻隔着一堆杂七杂八的木头,就像是巨大的一排荆棘。那拦坝已经变成了一座无法逾越的障碍。

老翁停止了大声叫嚷。他跑到其中的一堆东西那里,然后开始打开它。他冲着一只手里抱着塔娜吉尔,正在奔跑的涂阿米大声叫嚷起来。他们正沿着阶地往前奔走。

"快一些!"

珐飞速跑下这一边的山腰,直奔阶地和突岩的入口处。她一边跑,一边对洛克大声喊道:

"我去抓塔娜吉尔。这样他们就会把小家伙还回来了。"

这块岩石与众不同。洛克从他的蜂蜜觉中醒来时的那些浸染这个世界的缤纷色彩,现在变得更加浓郁,更加饱满了。他看上去似乎是蹦蹦跳跳地通过了一道红色空气的波涛,而那些岩石后面的阴影呈现出淡紫的颜色。他跳下了斜坡。

他们两人一起在阶地的入口处停住脚步,然后蜷伏下来。河水奔流着,染成了一片深红色,并且不时闪烁着金色的光芒。河水两边的群山已经变得非常的幽暗,所以洛克不得不凝视良久方能发现它是深蓝色的。拦坝和那棵树,还有在上面辛劳的那些形体,都是黑色的。但是阶地和突岩依然被红色的霞光明亮地照耀着。那头雄鹿再次舞蹈起来,在通往突岩的土斜坡上舞蹈着,并且他面朝着马尔死去的那个地方,来到了右手边凹陷处的前面。他全身黑色,正对着火堆,那里太阳慢慢下沉,随着他的移动,他甩起一道道长长的太阳光线,令人眼花缭乱。涂阿米在突岩里忙活着,正在一个形状上涂抹着颜色,那个形状立在靠着岩柱的两个凹陷处之间。塔娜吉尔也在那里,一个小小的、瘦弱的、黑色的身形蜷伏在原先火堆所在的地方。

从阶地的另一端传来了一阵有节奏的声音:扑哧!扑哧!那些男人中有两个正在砍削洛克当初拦坝时放置的那根木头。太阳把身子躲到了云层之中,红色的光线射向天穹,而群山一片黝黑。

那头雄鹿咆哮起来。涂阿米从突岩里跑了出来,跑向拦坝的地方,在那里那些男人正在忙活着,与此同时,塔娜吉尔开始尖叫起来。那些云朵纷涌而至,覆盖住了太阳,红光向外挤压着,所以太阳看起来就像是一汪狭窄些的水流,漂浮在那隘口之中。此时,那头雄鹿蹦蹦跳跳地离开了,奔向那拦坝而去,而那些男人正在同那根木头搏斗着,就仿佛是一只死鸟身上的甲虫。

洛克向前跑去,塔娜吉尔的尖叫声呼应着莉库从河水对面传来的那些尖叫声,所以它们让他恐惧起来。他站在突岩的入口处,急促地絮叨着。

"莉库在哪儿？你们对莉库做了什么？"

塔娜吉尔的身体变直了，弓了起来，她的两只眼睛翻起了白眼。她停止了尖叫，仰面朝上躺在地上，嘴咧开着，牙齿之间渗出了鲜血。珐和洛克在她的身前蹲了下来。

突岩像其他一切事物一样，已经改变了。涂阿米为那老翁制造了一个形体，它靠着那岩柱站立着，并且瞪视着他们。他们可以看到他的工作是多么迅速，多么野蛮，因为那个形体上污迹斑斑，并且没有像开阔地里的那些形体那样填好内里。它算是拥有人的形体吧。它的两只胳膊和两条腿收缩在一起，仿佛它正在往前跳，并且它泛着红光，就像刚才河水的那个样子。毛发在它的脑袋四周向外竖立着，就像那老翁在发怒或者受到惊吓时，头发曾经外竖的模样。那张脸是黏土乱涂而成的，不过那两个鹅卵石还在那儿，盲目地凝视着。那老翁已经从他脖子上取下了牙齿，并把它们按在这张脸上，然后用他耳朵上那两颗巨大的大猫的牙齿完结此事。有一根树棍被砸进这造物的胸部的一处裂缝里，在这个树棍上拴着一根兽皮条；在这根兽皮条的另一端上拴着塔娜吉尔。

珐开始发出了一些响声。它们不是词语，它们也不是尖叫声。她抓住那根树棍，开始用力地拉，但是它出不来，因为它的末端在涂阿米往里砸的地方已经翻卷开来了。洛克把她推到一边，然后往外拉，但是那根树棍待在原地，一动不动。水面上的红光正在升起，突岩里全是阴影，那造物的两只眼睛和牙齿透过这阴影瞪视着。

"拉！"

他把全身的力量都荡在那根树棍上，然后感到它弯曲了。他抬起他的两只脚，把它们放在那形体红色的肚子上，使劲地蹬着，直到他的肌肉隐隐作痛。大山似乎在移动，而那形体滑动了一下，于是它的两只胳膊作势要抓住他。就在这时，树棍突然从裂缝中抽了出来，接着他就和它一起滚到地上。

"快点带上她。"

洛克跟跄着站了起来，抓起塔娜吉尔，然后跟在珐的身后，沿着阶地跑了下去。从空心木头边上的那些形体那里传来了一声尖叫，接着从拦坝那里传来砰的一声巨响。那棵树开始向前移动了，而那些木头笨拙地四下游动着，仿佛是一个巨人的两条腿。那个皱脸女人在空心木头旁边的一块岩石上同涂阿米搏斗着；她猛地挣脱身子，向洛克跑了过来。此时，到处都有动静，人们尖叫着，着魔般地忙乱着；老翁正从那些歪歪斜斜的木头上穿越过来。他向珐扔了一个什么东西。那些捕猎者正把那空心木头抵在阶地上，而那棵树的树梢，带着所有枝丫和湿透的树叶的重量，正在拉扯着他们。胖女人正躺在那根木头里面，那皱脸女人和塔娜吉尔也在里面，老翁正跌跌撞撞地走进木头的后部。那些大树枝崩溃了，它们拉扯着那块岩石，发出了痛苦的呼啸声。珐坐在水边上，抱住了她的脑袋。那些枝丫勾住了她。她同它们一起向外移进了水中，然后那空心的木头脱离了那块岩石，向前漂走了。那棵树冲到了水流之中，而珐软弱无力地坐在那些枝丫之间。洛克又开始急促地絮叨起来。他在阶地上来回跑着。那棵树无法被诱骗也无法被说服。它移到了瀑布的边缘，它荡来荡去，直到横亘在瀑布口之上。那棵树在那里逗留了片刻，树梢朝向着上游。慢慢地，那些根系的末端下沉了，树梢抬了起来。接着，它悄无声息地向前滑去，从瀑布上坠落而下。

那红色的生物站在阶地的边缘，什么也没有做。那空心木头在水中成了一个黑色的小点，朝着太阳下沉的地方驶去。隘口里的空气显得那么的澄澈、湛蓝、静谧。此时此刻，没有风，绿色的天空洁净如洗,除了瀑布的喧嚣声,万籁俱静。那红色的生物转身向右,慢慢地朝着阶地的远端跑去。阶地的远方,群山上的冰冻开始融化,水从岩石上倾泻而下。河水高涨,平缓地流着,已经淹没了阶地的边缘。地面和岩石上留下了当初水边的那棵树被水流拖过时,其树枝划出的一道道长长的伤痕。那红色的生物小跑着回到了悬崖这一边的一处黑色空洞里,那里有被人占据的迹象。它看着那另外一个形体,现在已变得黝黑了,那形体从空洞的后部向下冲着它咧着嘴。这时候,它转身离开了,然后跑着穿过了把阶地和斜坡连接在一起的那个小小的通道。它停顿了一下,向下凝视着那些伤痕、那些被遗弃了的转动之物,以及那些断裂了的绳子。它再次转过身,侧着身子绕着一块岩石的肩部向前走,然后站在一条迂回在陡峭的岩石间几乎觉察不到的小道上。它开始侧着身子走在这条小道上,蜷伏着,它的两条长臂挥动着,碰触着,几乎像两条腿一样提供着坚实的支撑。它向下看着那发出雷鸣般响声的水流,但是那里什么也看不见,只有那些薄雾般的水柱闪闪发着光,在那些薄雾的地方,水流在岩石上掏出了一个碗的形状。它更快地移动着,渐渐地变成了一种奇怪的大踏步奔跑,这让它的脑袋上下颠簸着,而它的两条前臂仿佛是马的两条腿一样交叉前行着。它在小道的尽头停了下来,然后向下看着那些水草长长的飘带,在水下前后摇曳着。它抬起一只手,在它那没有下颚的嘴下面挠了挠。在很远的地方,河水波光粼粼的断面里,有一棵树,那棵树枝繁叶茂,正在不停地翻滚着,随着水流向大海涌去。此时那红色的生物,在暮光中呈现出灰白和蓝色相间的颜色,它大踏步跑下斜坡,然后潜入到了树林之中。它循着一条宽阔的布满伤痕的、像是马车行走的道路,直至它来到河水边一棵死树下面的一块开阔地上。它在河水边胡乱奔走着,然后攀上了那棵树,透过藤蔓,目光追随着河水中的那棵树。接着,它爬了

下来,沿着通往河边灌木丛的一条小径奔跑了起来,直至它来到一
处把小径中断的分岔点。它在此处暂停了一下,然后在水边来回奔
跑着。它抓住一根巨大的山毛榉树枝,用力地前前后后地拉拽着
它,直到它的呼吸变得剧烈且不均匀。它跑回到开阔地里,然后开
始在那些被摆放成一堆一堆的荆棘树周围和中间转起了圈。它没
有发出声响。一点一点的星星刺了出来,此时的天空不再是绿色的
了,而是呈现出深蓝色。一只白色的猫头鹰掠过开阔地,飞向了它
在河水对面小岛上的树木之间的窝。那生物停住了脚步,看向下面
的一些污迹,这些污迹的旁边原先是一处火堆。

现在阳光已经彻底消失了,甚至连地平线的下方也不再有光线
射向天空,于是月亮接管了过来。阴影开始变得浓郁,从每一棵树
上铺洒下来,并且在那些灌木的后面纠缠在一起。那红色的生物开
始在火堆的旁边嗅了起来。它的指关节支撑着它身体的重量,他用
几乎贴到了地上的鼻子工作着。一只正要返回河水里的水鼠瞥了
一眼这四条腿,然后飞快地闪到了侧面的一棵灌木下面,趴在那里
等着。那生物在火堆的灰烬和树林的中间停了下来。它闭上了它
的两只眼睛,然后迅速地呼吸着。它开始在地上胡乱奔走,它的鼻
子一刻不停地搜索着。它的前爪在那被掀翻的土地上捡起了一块
小小的白色骨头。

它稍稍地直起了身子,然后站了起来,并没有看向那块骨头,而
是看向了前方某处的一个点。那是一个奇怪的生物,小小的,弓着
身子。它的前腿和后腿弯曲着,并且在前腿和胳膊的外面有一整簇
杂乱的卷毛。它的后背很高,并且两个肩膀上都覆盖着卷毛。它的
两只脚和两只手很宽大,并且是扁平的,大脚趾向里面突伸着,做抓
取之势。方形的双手悬垂在双膝之下。脑袋在强壮的脖子上面微
微地向前探着,脖子看起来似乎直直地通往嘴唇下面的一排卷毛。

嘴很宽,很柔软,在上嘴唇的卷毛之上,两只硕大的鼻孔像翅膀一样翕张着。鼻子上没有鼻梁,所以像月亮般突出的两条眉毛就在鼻尖的上方。在它的脸颊上方那些洞穴的地方,阴影显得最为浓郁,而位于其中的两只眼睛还能被看到。还是在这上方,浓密的眉毛连同头发长成了一条直线;在那以上就空无一物了。

那生物站立着,点点的月光在它的身上悸动着。两个眼窝并没有凝视那块骨头,而是凝视着河水方向的一个看不见的点。此时,那条右腿开始移动了。那生物的注意力似乎聚拢了,并且集中在那条腿上,然后那只脚开始在地上翻捡搜寻着,就像是一只手一样。大脚趾撕扯着,并且抓取着,而其他的脚趾围拢住一个几乎完全被埋在那掀翻了的土壤中的物体。那只脚抬了起来,那条腿弯曲着,然后把一个物体送到了那放低了的手中。脑袋向下稍微低了一点,凝视的目光从那看不见的点上收了回来,向内扫视着,然后看了看手中的东西。那是一个树根,苍老并且腐烂,两端都磨掉了,但是还保留着一个女性身体的那些夸张线条。

那生物再次看向河水。两只手都拿满了,月光中,在遮掩着双眼的那两个巨大的洞穴的上方,它的那道眉毛在闪烁着。在它的两个颧骨和两片厚唇上,泻满了光线,同时每一缕卷发里都捕获了一道扭曲的光线,就像是一根白头发。不过那些洞穴是幽暗的,仿佛整个脑袋已然变成了一个骷髅头。

那只水鼠从这个生物的静止不动上推断出,它并不危险。它从灌木下迅速蹿了出来,然后开始穿过这片开放的空间;它忘了这个寂静的形体,并且忙碌地搜寻着可食之物。

现在每一个洞穴里都有光线,那些光线就像是折射在花岗岩悬崖的晶体上的星光那样微弱。那些光线增强了,渐而可以辨识,终于明亮起来,各自停留在一个洞穴的下边缘那里闪烁着。突然,悄然无声地,那些光线变成了薄薄的新月形,消失了,然后每个脸颊上都有一些条纹在闪闪发光。那些光线再次出现了,缠绕在那胡须的银色卷毛上。它们悬挂着,拉长着,从一缕卷毛跌落到另一缕卷毛,然后汇聚在最下面的末梢上。两个脸颊上的那些条纹随着水滴在它们上面涌下,一抖一抖地跳动着,一个巨大的水滴在那胡须的一根毛发上隆起,颤颤巍巍,十分明亮。它分离开自己,然后下落,闪起一线银白色,打在一片枯萎的树叶上,发出一声刺耳的啪嗒声。那只水鼠匆忙逃开了,然后扑通一声钻进了河水中。

不声不响地,月光移开了那些蓝色的阴影。那生物把它的右腿从沼泽里拔了出来,然后向前踉跄地迈了一步。它步履蹒跚地走了一个半圆,直至它到达那些荆棘树中间的间隙那里,就是那条宽阔小径开始的地方。它开始沿着这条小径奔跑起来,月光中,它呈现出蓝色和灰白相间的颜色。它艰难地往前行,慢慢地,脑袋不时地上下颠簸着。它走得缓慢而费力。当它爬上斜坡来到瀑布之巅时,它已经是四肢着地了。

在阶地上,那生物移动得快了些。它跑到远端,在那里水从融冰处倾泻下来,形成了一个小瀑布。它转过身,走了回来,然后四肢并用地跳进了那个另外一个形体所在的空洞里。那生物同一块躺在一堆泥土之上的岩石角起了力,但是它太虚弱了,移不动它。最终,它放弃了,然后它绕着一处火堆的残存,在那空洞里来回爬着。它来到那灰烬的近旁,躺在了它的边上。它向上蜷起双腿,膝盖抵着胸脯。它把双手叠在脸颊的下面,然后静静地躺了下来。那扭曲的、平整过的树根就摆在它的面前。它一声不吭,但是看起来似乎在往地里生长着,把它身上柔软的肌肤往一起收缩成紧紧的一团,所以那些脉搏和呼吸的动作被禁止了。

在空洞的上方,出现了几只眼睛,像绿色的火焰一样,还有两条灰白色的狗,它们滑行着,侧着身子穿过了月影。它们下降到阶地里,然后向突岩靠了过来。它们好奇地、同时小心翼翼地嗅着空洞外面的泥土,但是不敢靠得更近些。慢慢地,群星的队列下沉到大山的后面,夜色已经退隐了。阶地上出现了灰白色的光线和一缕清晨的微风,穿过了群山之间的那个隘口。那些灰烬晃动了一下,升了起来,然后翻腾着,撒落在那一动不动的身体之上。那两只鬣狗坐在地上,伸着舌头,快速地喘着气。

大海上面的天空泛出一片粉红的颜色,然后又变成了金色。光线和颜色回来了。它们展现着那两个红色的形状,一个从那块岩石的地方瞪视着,另一个身体已经在泥土上压出了轮廓,呈现出黄棕色、栗色,还有红色。从冰冻那里流来的水,其水量增多了,形成了一道长长的曲线形瀑布,一闪一闪地向外涌进了隘口之中。那两只鬣狗从地上抬起后腿,分头走开,然后从左右两边向空洞的内部靠了过来。群山上的那些冰冠在闪耀。它们欢迎太阳的到来。突然,传来了一阵雷鸣般的声响,那两只猎狗被吓得浑身颤抖,退回到悬崖的地方。这个声响淹没了水的声响,隆隆地滚过群山,在悬崖之间轰鸣着,然后此起彼伏地在阳光明媚的树林之间震动着,最后直奔大海而去。

十二

涂阿米坐在独木舟的尾部,他的左臂下夹着那掌控方向的划桨。此时,光线充沛,所以那些盐留下的斑块看起来不再像是那皮帆上的小洞了。他痛苦地想起了那巨大的方形帆,就在刚过去的狂乱的一小时里,那面帆已经被他们胡乱弃之于群山之间了;如果有了那块帆,再加上这穿过隘口而来的阵阵轻风,那么他就不需要忍受这几个小时的辛劳了。他本不需要整晚坐着,考量着水流是否会战胜风速,然后把他们送回到瀑布的地方。与此同时,那些人,或者说他们所剩下的那些人,正精疲力竭地酣睡着。不管怎样,他们还得继续前行,岩石组成的墙壁向后翻卷着,直到这片湖变得非常的宽阔,因而他无法发现任何的标记可以用来判断他们的航行。于是,他只能一直坐着,猜测着,群山在平缓流淌的河水远方若隐若现,而他的双眼因为疲劳的眼泪变得通红。这时候,他稍稍晃动了一下身体,因为那圆形的船底很硬,并且那块被许多划桨人磨成一个舒适的座椅的皮革已经丢失在树林上面的斜坡上了。他能感到轻微的压力沿着桨柄传到他的前臂之上,同时他也知道,如果他把手垂到侧边之外,那么水流就会清脆地拍打着他的手掌,并会漫过他的手腕。在艏的两侧展开的两条黑线并没有向后形成一个尖锐的角度,而是几乎和船的线条形成了直线。如果那微风改变了方向或者变弱了,那么这些线条就会向前爬去,并且渐渐消退,同时划桨上的压力就会减轻,并且他们就可以开始转向船尾,向群山的方向驶去。

他闭上他的双眼,用一只手倦怠地拂过他的前额。那微风也许

停歇了，接着他们就会强迫自己用他们在航行中尚余的残力拼命地
划桨，以期在水流把他们卷回之前，把船靠到一处岸上。他猛地把
手抽开了，然后他瞥了一眼那皮帆。它是满的，但是在轻柔地脉动
着，那两面帆——从船尾这里一直铺到那些拴系的索柱那里——同
时摆动着，时而分了开来，时而上下摆动。他转过头去，看向那延绵
不绝、此刻已清晰可见的灰白色水面，那里有一个怪物滑了过去，离
右舷不过半根缆绳的距离，那根部浮出了水面，就像是一根猛犸象
的长牙。它朝着瀑布和那些树林魔鬼的地方滑去。独木舟静静地
漂浮着，等待着风彻底停歇。他试图用他疼痛难耐的脑袋来计算一
番，试图稳住水流、风向，以及独木舟，但是他无法得出一个结论。

　　他急躁地摇摆着自己的身体，船的两边冒起了一些平行的线
条。一个不错的风势和航速，以及四面八方的水——一个男人还需
要些什么？左右手边那些越来越坚实的云团是一些身上长着树木
的小山。在前方帆的下面，是看起来像低洼陆地，平原地带的所在，
在那里男人们也许可以在开放的地界上狩猎，而不会跌跌撞撞在黑
色的树木之间或是恶魔萦绕的岩石之上。一个男人还需要什么？

　　但是，这是一片混乱。他让他的两只眼睛停歇在他左手的手背
上，并且试图思考。他一直期盼着光亮，就像期盼着健全理智以及
那似乎已经离他们远去的男子气概的重新归来；但是此时已然黄
昏——过了黄昏——并且他们还是在那隘口时的他们，备受煎熬，
犹如着魔，内心满是奇怪的非理性悲伤，就如同他一样，或者空虚无
着，精散神疲，并无能为力地睡着。看起来仿佛把这两只船——或
者毋宁说一只船，因为她已经消失了——从那树林里运送到瀑布的
顶端，已经不光是在陆地上把他们提到了一个新的水平，同时在经
验和情感层面上也是如此。这个世界，同这只船一起，如此缓慢地
移动在水的中央，它在光线之中显得幽暗，是那么的杂乱无章、毫无

希望、肮脏不堪。

他在水里晃动着划桨,于是那两面帆也摇摆起来。那帆发出一声梦呓,然后又全神贯注地张满了。也许假如他们平整好这只船,恰当地装填物体——一方面为了评估这个工作,另一方面为了把他的眼睛从他自己的想法中移开来,涂阿米查验了他眼前的空心船体。

那些一捆捆的东西躺在女人们扔放它们的地方。在船腹左舷这一侧的那两捆东西给维瓦妮做了一个帐篷,尽管她一向刚愎自用,更加喜欢用树叶和树枝做成的栖身处。在它们的下面有一捆长矛,它们正在被损坏着,因为巴塔正面朝下睡在它们的上面。他将会发现长矛的柄端弯曲了或者裂开了,以及那些上好燧石做成的矛尖被压碎了。靠近右舷的地方是杂乱的一堆兽皮,对任何人来说都已经用处不大了,但是女人们却把它们扔了进来,而她们原本或许可以保留住那面帆的。那些空罐子中有一个被打破了,它的旁边放着另外一个,上面的黏土塞还在原处。除了水以外,能喝的东西就很少了。维瓦妮蜷曲着身体躺在那堆无用的兽皮上——她是不是让她们把这些兽皮放在这儿供她享用,而不在意那面珍贵的帆?那样会符合她的秉性的。她的身上盖着一块华丽的兽皮,是那洞穴熊的皮,为了得到它,先后两人命丧黄泉,同时这也是她的第一个男人为了她所付出的代价。当维瓦妮想要舒适的时候,涂阿米痛苦地想,帆算得了什么?马朗真是个傻瓜,在他这样的年纪,竟然会同她一起逃走,为了她非凡的心脏和智慧,还有她朗朗的笑声以及她白皙的、令人难以置信的身体!同时,我们又是何等的傻瓜,竟然追随着他,在他魔力的驱使下,或者说在某种无法用语言描述的魔怔的驱使下!他看向马朗,心里憎恨着他,然后想到了他一直在非常缓慢地研磨,已经变尖了的象牙匕首。马朗面对着船尾坐着,他的两条腿在船底伸展着,他的脑袋搁在桅杆上休息着。他的嘴张开着,同时他的头发和胡须像一棵灰白色的灌木。在渐渐明亮的光线中,涂阿米可以看到他身上的力量是如何离他而去的。在那嘴的周围以前一直有一些线条,深深的凹槽从两个鼻孔处向下延伸,但是现在,毛发之后的那张脸不仅布满了线条,同时还很是羸弱。从那歪斜着向下耷拉着的脑袋上,还有那向下垂着倒向一边的下巴上,可以看到彻底的油尽灯枯。不久以后,涂阿米想,当我们安全了,并且离开了那魔鬼的国度,我就会敢于使用那把象牙匕首了。

尽管如此,注视着马朗的脸并且意图杀死他还是让他不由得心生畏惧。他转过他的眼睛,看向了别处,瞥了一眼桅杆那边的船头里那些拥簇在一起的身体,然后越过他自己的双脚看向下面。塔娜吉尔躺在那儿,直挺挺地平躺在地上。她不是像马朗那样耗尽了生命,相反,她有着丰盈的生命,一个新生的生命,不属于她的生命。她并不怎么动弹,她那急促的呼吸扇动着挂在她下嘴唇上的一点残留的干血。两只眼睛既没有熟睡也没有醒来。由于他可以清晰地看到它们,他看到夜色依然持续在它们的里面,因为它们下凹,黝黑,两个没有丝毫智慧可言的不透明体。尽管他身体前探到她一定可以看得到的地方,但是她的双眼并没有聚焦在他的脸上,而是继续向里面的夜色睁大着。特瓦娥,睡在她的旁边,伸出了一只胳膊保护性地横放在她的身上。特瓦娥的身体看起来像是一个老妪的身体,尽管她比他要年轻一些,并且她是塔娜吉尔的母亲。

涂阿米再次抬起一只手擦了擦他的前额。如果我可以扔掉这支划桨,并且可以研磨我的匕首,或者假使我有木炭和一块扁平的石头——他绝望地在船的四周张望着,以期找到某个东西,可以抓牢他的注意力——我就像是一个池子,他想到,某次涨潮填满了我,那沙子在打着漩涡,那些水流变得浑浊,而一些奇怪的事物正从我大脑的裂痕和缝隙里向外爬了出来。

维瓦妮脚下的兽皮动了一下,抬了起来,于是他想她快要醒了。这时候,一条细小的腿——红色的,上面长满了卷毛,同他的手差不多长——把它自己伸向了空中。它到处感受着,试了试那罐子的表面然后拒绝了它,碰了碰那兽皮,再次移动了一下,然后在它的拇指和脚趾间搓起一撮卷毛。感到心满意足,它抓住那熊皮,两只大脚趾绕在一缕或者两缕卷毛上,紧紧地踩住,然后一动不动了。涂阿米就像一个发羊角风的人一样抽搐着,划桨也在抽搐着,而那些平行的线条从船那里扩散开来。那条红色的腿是正在从裂缝中往外爬的六条腿中的一条。

他大叫一声:

"我们还可以做些什么?"

桅杆和帆滑进了焦点。他看到马朗的双眼睁开了,他不知道它们已经注视了他多长时间了。

马朗从身体里很深的部位发话了。

"那些魔鬼不喜欢这水。"

那是真实的,那是种安慰。水面宽阔、绵延不尽,并且十分明亮。涂阿米从他的池子里恳求地看着马朗。他忘记了那把已经如此接近于磨尖的匕首。

"如果我们没有那样做,我们很可能早死了。"

马朗焦躁不安地变换着身体的位置,让他的骨头从那坚硬的木头上放松一下。然后,他看向涂阿米并且庄重地点了点头。

船帆闪耀着红棕色的光芒。涂阿米目光扫向身后那穿越大山的隘口,他看到它被金色的光线填满了,而太阳正坐落在它的里面。仿佛是为了顺从某种信号,人们开始骚动起来,他们坐起身并且看向水对面那些绿色的小山。特瓦娥弯下身子看着塔娜吉尔,然后亲吻她，并且对她呢喃着。塔娜吉尔的两片嘴唇分开了。她的声音很刺耳，从夜色中遥远的远方传来。

"莉库！"

涂阿米听到马朗从桅杆的边上向他低语：

"那是那魔鬼的名字。只有她可以讲它。"

此时，维瓦妮真正地醒来了。他们听到她巨大的、舒适的哈欠声，接着那熊皮被扔到了一边。她坐了起来，把松散的头毛摆到身后，然后首先看向马朗，接着是涂阿米。一瞬间，他再次被肉欲和憎恨所填满。如果她一直就是此时的样子，如果马朗，如果她的男人，如果她在那盐水上的风暴里拯救了她的婴儿——

"我的两个乳房胀得我好痛。"

如果她不是想把那个小孩当作玩物，如果我没有拯救那另外一个作为笑话——

他开始高声而迅速地说起了话。

"越过那些小山，就是一块块的平原，马朗，因为它们长得不多；并且会有兽群可供狩猎。让我们向里行驶，奔向岸边吧。我们会有水——当然我们有水！女人们带了食物吗？你带食物了吗，特瓦娥？"

特瓦娥朝他抬起了脸，那张脸因为悲伤和憎恨而扭曲着。

"我和食物有什么关系，主人？你和他把我的孩子送给那些魔鬼，然后他们还给我一个调换过的小丑怪，既不看人也不说话。"

那沙子在涂阿米的脑海里打着漩涡。他痛苦地想：他们还给我一个改变过的涂阿米；我该怎么办？只有马朗还是原来的样子——更加瘦小了些，更加虚弱了些，不过还是原来那个他。他向前窥视着，要找到那个没有变化的人，好让他可以依赖。太阳在红色的帆上熠熠生辉，马朗也是红色的。他的两只胳膊和两条腿收缩在一起,他的头发向外竖着,他的胡须也是一样,他的牙齿是狼的牙齿,而他的两只眼睛就像是两块没有视力的石头。那张嘴不停地张开,然后合上。

慢慢地,那红色的雾霭消退了,变成了一面帆,在太阳光里闪烁着。瓦其缇在桅杆周围爬着,依然小心翼翼地保护着他那深以为豪的华丽头发,不让它碰到那两面帆,因为它们会把它弄乱的。他在马朗的周围滑蹭着,在这条狭窄的小船所能允许的范围之内,表达着他对后者的尊敬,同时也表示他很遗憾,不得不来到离他如此近的地方。他选择了一条通过维瓦妮的道路,然后向船尾的涂阿米走了过来,一边可怜地咧着嘴。

"对不起,主人。现在去睡吧。"

他把那支掌控方向的划桨夹在他的右臂下面,然后坐在涂阿米的位置上。解脱了,涂阿米从塔娜吉尔的身上爬了过去,然后跪在那个装满了的罐子旁,眼巴巴地看着它。维瓦妮正在打理着她的头发,两只胳膊举了起来,梳子横着梳梳,向下梳梳,向外梳梳。她还没有改变,至少仅从那个拥有着她的小魔鬼的角度而言,的确如此。涂阿米想起了塔娜吉尔双眼里的那个夜晚,于是睡觉的想法被放在了一边。很快的,也许吧,当他不得不的时候,但是需要有那个罐子帮他一下忙。他局促不安的双手摸了摸他的腰带,然后拔出了那个带有一个不成形刀柄的越来越锋利的象牙。他在他的小袋里找到一块石头,然后开始研磨起来,此时一片寂静。风稍稍地兴起,划桨在他们身后发出急促的哗哗声。独木舟太重了,所以它无法撑起,也无法跟得上风的速度,就像一些船只在某些时候可以做得到的那个样子,如果它们是由树皮制成的话。所以风温暖地吹拂在他们的左右,同时也带走了他脑海里的一些混乱。他闷闷不乐地研磨着他

承
者

197

十
一

那把匕首的刀刃，毫不关心他是否已经完工了，反正这总是要干的活。

维瓦妮的头发已经完工了，于是她四下环顾着他们所有的人。她轻轻地大笑一声，这笑声除了维瓦妮以外，在其他任何人身上都很可能是紧张不安的表现。她拉开托住她两个乳房的那个皮兜子上的细绳，让阳光普照在它们的上面。在她身后，涂阿米可以看到那些低矮的小山以及绿茵茵的树木和它们下面的暗影。那暗影一路延伸到水流的上方，好像是一条细线，在其之上，成群的树木绿意盎然，生机勃勃。

维瓦妮弯下身子，然后把那卷熊皮拉到了一边。那小魔鬼坐在里面的一块生皮上，两只手和两只脚紧紧地抱着。当光线倾泻在他身上的时候，他把脑袋从皮毛上抬开，然后眨巴着睁开了眼睛。他用前腿支撑起身体，然后四下张望着，很是欢快，很是庄严，他的脖子和身体迅速地转动着。他打了一个哈欠，于是他们可以看到他牙齿正在生长的样子，然后看到一条粉红色的舌头沿着他的两片嘴唇扫来扫去。他嗅了嗅，转过身，跑向维瓦妮的腿，然后向上攀到她的乳房上。她一边颤抖着，一边大笑，仿佛这种快感和爱意同时也是一种恐惧和折磨。那魔鬼的双手和双脚已经抓住了她。踟蹰着，半带羞愧，嘴里同样发出那受了惊吓的大笑声，她弯下脑袋，用两只胳膊挽起了他，然后闭上了她的双眼。那些人也冲她咧着嘴，仿佛他们感受到了那奇怪的、吮吸着的嘴，仿佛他们身不由己地在心里涌出一阵喜爱与恐惧交织的情感。他们发出带着爱慕和顺从的声音，并且伸出了他们的双手，与此同时，当他们看到那异常灵敏的双脚和那红色的卷曲毛发时，他们厌恶地浑身一颤。涂阿米——他的脑海里全是打着旋涡的沙子——试图去想当这个魔鬼完全长大成人时的那个光景。在这片高原地带，他们安全地离开了那个部落的追击,但是那些魔鬼萦绕的群山也把他们同人类阻隔开来,他们会被迫向这个混乱不堪的世界做出怎样的牺牲?他们同那群逆着河水向上航行到瀑布那里的大胆狩猎者及魔术师之间的差别,就好比一根湿透的羽毛同一根干燥的羽毛之间的差别。焦躁不安地,他在双手里转动着那个象牙。把它磨锋利,用来对抗一个男人有什么用?谁会把一个刀尖磨锋利,用来对抗这世界的黑暗?

马朗沉思良久后,嗓音粗哑地说:

"他们守在大山里或者树木之下的黑暗里。我们将守在水边和平原上。我们将安全避开那些树的黑暗。"

并没有意识到他所做的事,涂阿米再次看向那条黑暗线,随着岸边越来越远,这条线在那些树木之下蜿蜒着离去了。那魔孩子已经喝够了奶。他从维瓦妮退缩着的身体上爬了下来,然后落进干燥的船底里。他开始满怀好奇地爬行着,用他的两只前臂支撑着身体,两只充满了阳光的眼睛到处窥视着。那些人退缩着,爱慕着,咯咯地笑着,紧握着他们的拳头。甚至连马朗也把他的双脚换了个位置,然后把它们塞在他的身下。

天已大亮,太阳从群山之上把光线沐浴在他们的身上。涂阿米放弃了他那用石头摩擦骨头的工作。他摸了摸手下面的那个不成形的块状物,当它完工时,就会是那把小刀的刀柄。他双手里没有力量,脑海中没有画面。在这些水域里,不管是那刀刃,还是那刀柄,都不重要。一刹那间,他很想把那东西扔到船外。

塔娜吉尔张开了嘴,发出了她那不过脑子的两个音节。

"莉库!"

特瓦娥号叫着冲了过去,用她的身体盖住了她的女儿,紧紧地搂住那个躯体,仿佛要够到那个已经离开了这个躯体的小孩。

那沙子又回到了涂阿米的大脑里。他蹲了下来,身体从一边挪到另一边,手里漫无目的地转动着那个象牙。那魔鬼仔细打量着维瓦妮的双脚。

这时,从群山那里传来了一声巨响,那声音惊天动地,在他们身上轰鸣而过,然后铺撒开来,在那波光粼粼的水面上激起了阵阵纷乱的颤动。马朗被震得蜷下了身子,他的手指冲着群山做出刺戳的动作,他的双眼像石头一样闪耀着。瓦其缇已经躲低了身子,所以划桨把他们摇成了顺风,于是船帆哗啦哗啦地响着。那魔鬼分享着这一切的混乱。他迅速地爬到维瓦妮的身体上面,通过了她本能地展开要遮挡的双手,然后把身体藏进了她脑袋后面的皮毛兜里。他摔落进去,被裹了起来。那皮毛兜挣扎着。

从群山那里传来的声响渐渐消隐了。这些人,松了一口气,仿佛一件举起的武器已经被放下了,他们把他们的慰藉和笑声投向了那魔鬼。他们冲着那挣扎着的肉块尖叫。维瓦妮的后背弓了起来,她的身体扭动着,仿佛有一只蜘蛛钻进了她的皮毛。这时候,那魔鬼出现了,屁股朝上,他小小的臀部蹭着她的后颈部。甚至连忧郁的马朗,也把他疲倦的脸扭曲成了咧嘴而笑。瓦其缇无法使航线变直,因为他笑得失去了控制,同时,涂阿米手中的象牙掉落在地。太阳照耀在那脑袋和臀部上,那一瞬间,突然一切回归正常了,而那些沙子已经沉到了池子的底部。那臀部和脑袋互相适应着,做出了一个你可以用双手感知的形状。它们在那刀柄未加工好的象牙里面等待着,那刀柄远比那刀刃要重要得多。它们是一个答案,那女人受到惊吓的、愤怒的爱,还有在她脑袋上摇来摆去的那个荒唐可笑的、令人生畏的臀部,它们是一个密码。他的两只手在船底里摸索着那个象牙,他可以用他的手指感觉出维瓦妮和她的魔鬼是怎样同它相适应的。

最后,那魔鬼的身体被转了过来,并安放好。他在她的肩膀上探出他的脑袋,那脑袋贴得紧紧的,依偎在她的脖子上。然后,女人扭过她的脸颊,磨蹭着那卷曲的头发,一边咯咯地笑着,一边挑衅地看着人们。马朗在一片静默中开口说话了。

"他们生活在树木下的黑暗里。"

涂阿米紧紧地把那象牙攥在手里,感到了睡意开始袭来,他看向那条黑暗的线。它在遥远的地方,同他们之间隔着大量的水。他向前张望着,越过船帆,要看看在这片湖的另一端有着什么,但是它是如此的长,湖面上还闪烁着那样的光芒,所以他无法看清那条黑暗线是否有一个尽头。

William Golding

THE INHERITORS

Copyright © 1955 BY WILLIAM GOLDING

Cover illustration © Neil Gower, 2015

This edition arranged with FABER AND FABER LTD.

Through Big Apple Agency, Inc., Labuan, Malaysia

Simplified Chinese edition copyright:

2022 SHANGHAI TRANSLATION PUBLISHING HOUSE (STPH)

All rights reserved.

图字:09-2022-0442 号

图书在版编目(CIP)数据

继承者 /(英)威廉·戈尔丁(William Golding)
著;刁俊春译.—上海:上海译文出版社,2022.7
(戈尔丁文集)
书名原文:The Inheritors
ISBN 978-7-5327-8853-8

Ⅰ.①继… Ⅱ.①威… ②刁… Ⅲ.①长篇小说-英
国-现代 Ⅳ.①I561.45

中国版本图书馆 CIP 数据核字(2022)第 104209 号

继承者

[英]威廉·戈尔丁 著 刁俊春 译
责任编辑/宋 玲 装帧设计/张志全工作室

上海译文出版社有限公司出版、发行
网址:www.yiwen.com.cn
201101 上海市闵行区号景路 159 弄 B 座
上海雅昌艺术印刷有限公司印刷

开本 890×1240 1/32 印张 6.75 插页 6 字数 129,000
2022 年 9 月第 1 版 2022 年 9 月第 1 次印刷
印数:0,001—5,000 册

ISBN 978-7-5327-8853-8 / I · 5471
定价:72.00 元